VICTORY NOVELS

新連合艦隊

4 決戦・日本海海戦の再現!

原 俊雄

電波社

この作品はフィクションであり、登場する国家、団体、人物などは、
現実の国家、団体、人物とは一切関係ありません。

新連合艦隊(4)

——もくじ

決戦・日本海海戦の再現！

第一章　第三艦隊の惨劇

1

一九四三年（昭和一八年）一二月三日――。

日本軍艦載機から猛烈な爆撃を受け、サンフランシスコのアラメダ飛行場では朝から黒煙が立ち昇っていた。

ウィリアム・Ｆ・ハルゼー大将の本土防衛艦隊は二〇〇機以上の日本軍機を返り討ちにしていたが、味方もすでに三五〇機以上を失っている。

アラメダ飛行場ばかりではない。近郊のサンカルロス飛行場やトラヴィス、モフェット飛行場なども、ことごとく爆撃を受けて滑走路がすでに大破しており、アメリカ軍航空隊は〝基地航空隊だけでは空母機動部隊に太刀打ちできない〟という弱点をすっかり露呈していた。

これら四つの飛行場ではこのあと二日間にわたって使用不能の状態が続くことになる。

――新型戦闘機なども（アラメダ基地へ）重点的に配備しておいたが、やはり敵機動部隊の空襲を防ぐことはできなかったか……。

基地が甚大な損害を受け、さしものハルゼー大将も悔しさのあまり舌打ちしていたが、飛行場が破壊されるのは予想されたことであり、かれは日本軍機動部隊に対して、事前にきっちりと反撃の矢を放っていた。

――肉を斬らせて骨を断つ！　……ジャップには高い代償を支払わせてやる！

　飛行場の損害と引き換えに、ハルゼーは二五〇機ちかくに及ぶ攻撃機を舞い上げることに成功していた。

　その兵力はＰ38ライトニング戦闘機三二機、Ｐ51ムスタング戦闘機五八機、Ａ20ハボック攻撃機三二機、Ｂ25ミッチェル中型爆撃機五六機、Ｂ17フライングフォートレス重爆撃機二四機、Ｂ24リベレーター重爆撃機三八機の計二四〇機。

　すべて陸軍機だが、これら攻撃機はいずれも航続力に優れ、三ヵ月以上にわたってスキップ・ボミング（反跳爆撃法）の訓練をみっちりと受けていた。

　とくに重量級の爆弾二発ずつを装備する四発の重爆撃機が六二機も攻撃に参加している。

　さらに攻撃隊には、新鋭のＰ51戦闘機五八機が護衛に張り付いており、ハルゼー大将は、これら航続力に優れる陸軍機が必ず〝日本軍機動部隊に一矢報いてくれるもの！〟と信じて、先ほどからじっと時計をにらみ付けていた。

　太陽はすでに高く昇り、時刻は今、午前九時になろうとしている。サンフランシスコ北西の〝空は半晴〟といったところだが、気象条件も決して悪くない。

　陸軍パイロットも日々、洋上飛行訓練をくり返しており、空がこれだけ晴れておれば、かれらが日本軍の大艦隊を見落とすようなことはおそらくないはずだった。

　攻撃隊が進軍を開始してからすでに二時間ちかくが経とうとしている。その飛行距離はそろそろ三〇〇海里に達する。

そして時計の針が〝午前九時〟を指そうとするその直前になって、通信参謀が駆け込みハルゼーに報告した。

「たった今、陸軍・援護戦闘機隊の隊長機が突撃命令を発しました！　敵艦隊近くの上空で空戦が始まった模様です！」

味方攻撃隊が日本軍戦闘機の迎撃を受け始めたのにちがいなく、これを聞いてハルゼーはにわかに確信した。

――しめた！　敵戦闘機が迎撃に現れたということは、その近くで必ずジャップの空母も行動しているはずだ！　わが攻撃隊は、敵空母群の上空へ着実に近づきつつある！

ハルゼーはその報告にうなずくや、即座にひとつだけ問いなおした。

「敵艦隊発見の報告はまだ、ないかっ!?」

「はい！（陸軍攻撃隊から）そのような報告はまだ入っておりません！」

通信参謀はそう即答したが、それを追い掛けるようにして、今度は参謀長のロバート・B・カーニー少将がみずから駆け込み、通信参謀の報告をたちまち打ち消した。

「長官！　A20攻撃機の隊長機から今しがた〝敵艦隊発見！〟の報告が入りました！　空母発見の報告はまだありませんが、わが攻撃隊は敵方へ確実に近づいており、攻撃を開始するのは、時間の問題か、と思われます！」

これを聞いて〝まもなく攻撃が始まるぞ！〟とハルゼーも直感した。

カーニーの報告にうなずくやハルゼーは、攻撃隊から入る電報を直接その耳で聴くために、いよいよ自室から作戦室へ移ったのである。

2

連合艦隊の旗艦・戦艦「武蔵」の対空見張り用レーダーが、接近しつつある米軍攻撃隊の大群を探知したのは、周知のとおり午前八時三三分のことだった。

山口多聞《たもん》大将が通報を命じると、レーダー情報は機動部隊の旗艦・空母「翔鶴《しょうかく》」へすぐに伝えられ、航空戦の指揮をあずかる角田覚治《かくたかくじ》中将は、空母一二隻の艦上で待機中の全戦闘機に対してただちに発進を命じた。

その数・計一二六機。角田中将の命令に応じて烈風《れっぷう》九〇機と零戦三六機がわずか五分ほどで飛び立ち、午前八時四〇分には、それら全機が上空へ舞い上がった。

米軍攻撃隊がさらに近づくにつれて敵機は優に二〇〇機を超えるとわかり、さしもの山口大将も思わず舌打ちした。

——思いのほか敵機の数が多いな……。

まったく油断はならないが、迎撃に飛び立った味方戦闘機も一二〇機を超えており、山口は烈風などの反撃に期待しながら、麾下《きか》全艦艇に対して北西への退避を命じた。

——まずは米軍攻撃隊との距離を稼いで烈風などで波状攻撃を仕掛ければ、なんとか最小限の被害で凌《しの》げるにちがいない！

山口がとっさの判断で北西への退避を命じたため、舞い上がった零戦や烈風は、味方空母群の手前・約四〇海里の上空で迎撃の網を張ることに成功した。空母を探し出す必要があり米軍攻撃隊は低空飛行で飛べなかったのだ。

午前八時五八分。烈風などが迎撃網を構築し終えるや、ちょうどそこへ米軍攻撃隊の一群が来襲し、零戦や烈風は先に敵機群を発見してまんまと最初の一撃を仕掛けることができた。

その一撃で迎撃戦闘機隊は五機の米軍戦闘機を撃墜。ここまでは連合艦隊の思い描いたほぼ筋書きどおりに事がはこんだが、米軍もさるもの、最初に進入して来た敵機は戦闘機ばかりで、さしもの烈風も肝心の爆撃機などに痛撃を加えることはできなかった。

烈風は今回の「米本土空襲作戦」で初陣を飾っている。そのため山口大将も、その活躍に大いに期待していたが、来襲した米軍の単発戦闘機（P51）もまた、新型機のようで、迎撃戦闘機隊は最初の一撃には成功したものの、その後の空戦では予想外の苦戦を強いられた。

新型の米軍戦闘機は烈風よりも高速で旋回力でも優れていた。とくに高度五〇〇〇メートル以上ではとても追い付けず、それ以下の高度で烈風はようやく対等に戦えた。

そのため迎撃戦闘機隊は思わぬ苦戦を強いられたが、空戦をくり返しているうちに高度は徐々に下がってゆく。敵味方入り乱れての制空権争いはにわかに混沌とし始めたが、戦闘開始からおよそ五分後に、烈風はなんとか数で押し切り、多くの敵戦闘機を空戦に巻き込んだ。

それはよかったが、迎撃戦闘機隊は七三機もの烈風を敵戦闘機との戦いに投入せざるをえず、続いて進入して来た米軍攻撃隊の本隊に波状攻撃を仕掛けることができたのは、零戦三六機と烈風九機の合わせて四五機にすぎなかった。

それまでに烈風は八機を失っていた。

しかも、米軍攻撃隊の本隊には、なおも一〇機のＰ51がぴたりと護衛に張り付いており、陸軍機にちがいない米軍爆撃機や攻撃機は憎らしいほど撃たれ強く、一度や二度の攻撃ではなかなか落とせなかった。

そうこうするうちに空の戦いはいよいよ艦隊の方へと接近して、迎撃戦闘機隊はあきらかに空母を視認できる距離まで米軍攻撃隊を近づけてしまった。敵機の多くがにわかに速度を上げ、空母群上空をめざしている。味方空母が発見されたのはもはや疑いなかった。

戦闘開始からすでに一〇分以上が経過し、時刻は午前九時一二分になろうとしている。烈風や零戦はなおも捨て身の攻撃を続けていたが、撃墜もしくは撃退にいたらしめた敵機は五〇機足らずにとどまっていた。

一〇〇機以上の米軍爆撃機がいまだ日本の空母群上空をめざしている。

まさに危機的状況だが、さらに近づくと、米軍機の多くが高速で低空へ舞い下り始めた。

それを観て烈風や零戦の搭乗員は、敵機は〝雷撃を仕掛けるつもりかっ⁉〟と一瞬、眼を疑ったが、米軍爆撃機などの狙いはいうまでもなく、空母に対してスキップ・ボミングを仕掛けることにあった。

味方空母群までの距離はすでに一五海里を切っている。敵機の突入をなんとしても阻止しなければならないが、敵爆撃機の多くが低空へ舞い下りたことにより、すでに旧式化していた零戦にとっては一発逆転の好機がおとずれた。

三〇〇〇メートル以下の低い高度では、零戦の空戦能力が群を抜いている。

旋回力はもちろん速度でもP51に負けず、零戦は、その追撃をひらりとかわして〝ここぞ！〟とばかりに敵爆撃機へ攻撃をたたみ掛けた。

それまで温存しておいた二〇ミリ弾も容赦なく連射する。その甲斐あって、零戦はわずか三分ほどのあいだに二度の攻撃をくり返し、三〇機以上の米軍爆撃機を撃退した。

零戦はいまだ三〇機以上が残っており、烈風がP51の活動を封じていた。

しかし、それが限界。米軍攻撃隊はおよそ四〇機を撃墜され、さらに四〇機以上が戦場からの離脱を余儀なくされたが、ついに日本軍戦闘機の迎撃網を突破して、六八機が空母を狙える位置まで肉迫して来た。

そして、その半数以上に当たる三六機を四発のB24爆撃機が占めていた。

迎撃戦闘機隊は双発のA20やB25にはおよそ致命傷を負わせることができたが、四発のB17やB24には手を焼いてB24爆撃機三六機、B17爆撃機一八機、B25爆撃機一〇機、A20攻撃機四機の進入をゆるしてしまったのである。

六八機の米軍機から狙われたのは第三艦隊・第二航空戦隊の空母三隻だった。

第三艦隊の旗艦・空母「赤城」には、この一一月に司令長官に就任したばかりの、福留繁《ふくとめしげる》中将が将旗を掲げていた。

このとき運悪く、第三艦隊は最も南東寄りで航行しており、旗艦「赤城」の左右後方に空母「飛《ひ》龍《りゅう》」「蒼龍《そうりゅう》」が並走し、第三戦隊の戦艦「金剛」「比《ひ》叡《えい》」「霧島」が三空母にぴたりと張り付いて、がっちりと輪形陣を組んでいた。速度は二八ノットに達し、麾下全艦が北西へ向け疾走している。

空母や戦艦の周囲には、重巡「鈴谷《すずや》」「熊野」や軽巡「那珂」のすがたもあり、駆逐艦をふくめた全艦艇が俄然《がぜん》しゃかりきとなって一斉に対空砲をぶっ放す。

さらには、烈風や零戦が味方対空砲との相撃ちをも厭《いと》わず、投弾中の敵爆撃機などに対してなおも波状攻撃を仕掛けたが、いかんせん敵機の数が多すぎた。

迫り来る米軍機の群れに恐れを成し、「赤城」はとっさに速度を上げて直進。「飛龍」「蒼龍」は左右へ分かれて回頭しながら、敵機の攻撃を懸命にかわそうとした。三空母の速度はすでに三〇ノットを超えていた。

午前九時一六分。米軍攻撃隊の指揮官機がついに突撃命令を発し、同機の発した電波はサンフランシスコのハルゼー司令部にも届いた。

――よし、行け！　ジャップの空母を一隻残らず叩きのめせ！

ハルゼー大将も受信機にかじり付き、手に汗を握りながら次々と舞い込む報告電に耳をそばだてていた。

はたして、空母への突入後も零戦や烈風が執拗《しつよう》に追い撃ちを掛け、対空砲火による迎撃と相まって米軍攻撃隊は投弾前にさらに八機を撃退されて攻撃中にも三機を失った。

しかし残る五七機の米軍機は、ことごとく投弾に成功し、空母「赤城」「飛龍」「蒼龍」に対して止めどなく爆弾を投下し始めた。

被弾を厭わず低空飛行で突入した米軍爆撃機が爆弾を投じるたびにぶきみな水柱が林立し、海面を勢いよく飛び跳ねた爆弾が容赦なく、三空母の舷側へ吸い込まれてゆく。

米軍爆撃機はいずれも五〇〇ポンド爆弾もしくは一〇〇〇ポンド爆弾を二発ずつ装備していたのだからたまらない。五七機による攻撃はたっぷり四〇分ちかくにわたって続き、そのうちの四二機が二度目の投弾にも成功して、投じられた爆弾の総数はなんと九九発をかぞえた。

冬の北太平洋は荒れる。連合艦隊が作戦中の海域は北緯四三度付近に位置しており、その緯度は北海道・根室市に相当する。

このときもうねりが高く、海はかなり荒れており、スキップ・ボミングを仕掛けるには、決して好ましい条件とはいえなかった。

反跳爆撃法で命中を得るのはただでさえ難しいが、それでも米軍攻撃隊は全部で一二発の命中弾を得て、日本軍の空母や戦艦に大損害をあたえることに成功した。

いや、陸軍機のみの攻撃で、洋上行動中の的艦に対して、一二パーセント以上の命中率を挙げてみせたのだから、その攻撃は〝稀《まれ》にみる大成功をおさめた！〟といってよいだろう。

はるか三五〇海里ほど離れた司令部作戦室で受信機にかじり付いていたハルゼー大将も、味方爆撃機から立て続けに飛び込む〝命中だ！〟と叫ぶ戦果報告に胸を打ちふるわせ、しばらくのあいだ興奮がおさまらなかった。

――上出来だ！　ようやくビッグ・Ｅの仇討《あだう》ちを果たせた……。よくぞジャップの空母を叩きのめしてくれたっ！

ハルゼーが狂喜するのも無理はない。

米軍攻撃隊の猛攻にさらされた第三艦隊の空母三隻は、いずれも爆弾数発を喰らって、大損害をこうむっていた。

真っ先に攻撃を受けたのは、最も南寄りで航行していた空母「蒼龍」だった。

敵機の攻撃を分散させるために左（南西）へ大回頭した「蒼龍」は、三〇ノットを超える猛烈な速度で退避し始めたが、二〇機余りの米軍爆撃機から次々と空襲を受け、遭えなく一〇〇〇ポンド爆弾三発を喰らってしまった。

その攻撃には一三機のB24爆撃機も参加しており、爆撃は左舷側に集中。B24の投じた三発目の命中弾が艦腹のほぼ中央で炸裂するや、日本軍主力空母のなかでも防御力に劣る「蒼龍」は、舷側に大量の浸水をまねいてたちまち左へ大傾斜してしまい、それからわずか一五分ほどであっけなく海中へ没していった。

それは「蒼龍」が攻撃を受け始めてからおよそ三〇分後のことだったが、一発目の命中弾が同艦の左舷で炸裂すると、残る三六機の米軍爆撃機はこぞって北上、それら全機が北西へ向けて遁走しつつある「赤城」の攻撃に向かった。

写真などで見慣れた「赤城」は、艦体もひときわ大きく、アメリカ陸軍パイロットたちの眼にも垂涎《すいぜん》の標的に映ったのだ。

——しめた！　先（北西）へ逃れようとしているのは、日本の主力空母「アカギ」だ……。あれを沈めれば大戦果となる！

そう直感するや、三六機の米軍爆撃機は先を争うようにして「赤城」へと殺到、およそ二〇分に及ぶ攻撃で空母「赤城」にも一〇〇〇ポンド爆弾四発と五〇〇ポンド爆弾一発を命中させた。

命中弾五発のうち、一〇〇〇ポンド爆弾一発が同艦の右舷に命中し、残る四発の爆弾は左舷側に集中していた。

五発もの爆弾を喰らった「赤城」もまた、大量の浸水をまねいて艦を支えきれなくなっていた。

致命傷となったのは最後に左舷へ喰らった一〇〇〇ポンド爆弾だったが、その数秒前に命中した五〇〇ポンド爆弾が大きく飛び跳ねて艦橋のほぼ真下で炸裂。その爆炎をまともに喰らって、あろうことか福留繁中将が命を落とし、参謀長の一宮《いちみや》義之《よしゆき》少将と艦長の梅谷薫《うめたにかおる》大佐も意識不明の重体となってしまった。

その直後から、「赤城」はしばらく人事不省におちいって復旧作業もままならず、最後に命中した一〇〇〇ポンド爆弾がとどめとなって左へ大傾斜し始めた。

その後も傾斜が止まらず、「赤城」は艦内で何度も爆発を起こしながら、「蒼龍」のあとを追うようにして午前一〇時八分に沈没した。

旗艦の「赤城」が沈没したばかりか、肝心の福留中将まで戦死してしまい、これで第三艦隊は全滅にちかい損害をこうむった。

午前九時三〇分過ぎにはそれまで空襲をまぬがれていたもう一隻の空母「飛龍」もついに攻撃を受け始め、同艦もまた一〇〇〇ポンド爆弾一発と五〇〇ポンド爆弾一発を右舷に喰らい、大破してしまった。

周知のとおり米軍爆撃機はいずれも爆弾二発ずつを装備しており、最初の攻撃で「赤城」に〝充分な打撃をあたえた〟と判断した米軍爆撃機・約二〇機が、二度目の攻撃目標を「飛龍」に変更して爆撃を仕掛けて来たのだ。

右舷に二発目の爆弾（一〇〇〇ポンド爆弾）を喰らった直後に、「飛龍」の速度は一気に一二ノットまで低下した。

そして、その時点でいまだ米側には攻撃可能な爆撃機が一〇機ほど残されていた。

それら米軍爆撃機が「飛龍」をめざして次々と突入し始め、空母「飛龍」もいよいよとどめを刺されて、第二航空戦隊（第三艦隊）は〝全滅するかっ⁉〟と思われた。

すでに「蒼龍」や「赤城」は断末魔を迎えようとしており、飛龍艦長の阿部俊雄《としお》大佐も〝もはやこれまでっ！〟とさすがに覚悟を決めた。

速度は一二ノットまで低下しており、「飛龍」にはこれ以上、爆弾を回避するような余力が残されていないことを、阿部自身がだれよりも承知していた。ところが、阿部艦長の目を覚ますようにして、そこへ突如として救世主が現れた。

終始「飛龍」の護衛に張り付いていた戦艦「比叡」が右後方から突進して来るではないか――。

阿部が〝ハッ〟と気づいたときには、「比叡」はもう、「飛龍」の舷側へぴたりと並び掛け、米軍爆撃機が投じた爆弾のうちの二発が「比叡」の艦体へ吸い込まれるようにしてその右舷舷側に命中したのである。

直後に阿部は思わず声を上げた。

「おお、『比叡』だ！　『比叡』の猪口《いのぐち》艦長が『飛龍』を救ってくれた！」

戦艦「比叡」に命中した爆弾は二発とも破壊力の大きい一〇〇〇ポンド爆弾だった。これら二発を喰らっておれば、「飛龍」はまちがいなく沈められていたにちがいない。

「比叡」が文字どおり救世主となって「飛龍」の窮地を救ったのだが、身を挺して「飛龍」を救った「比叡」の艦長は、海兵四六期の卒業で阿部と同期の猪口敏平《としひら》大佐が務めていた。

敵戦艦の被弾を目《ま》の当たりにして、驚いたのは米軍爆撃機のパイロットたちだった。

戦艦「比叡」が速度を上げたとき、一〇機の米軍爆撃機はいずれも投弾を開始しており、途中で爆撃をやりなおすことはできなかった。かれらは爆弾のうちの数発が〝空母へ命中するもの！〟と確信していたが、実際には、突如として目の前に現れた敵戦艦に爆弾が吸い込まれてしまったのだから、俄然、呆気《あっけ》にとられた。

結局、空母にはとどめを刺すことができず、かれら白面のパイロットは恨めしげに引き返すしかなかった。とはいえ、一〇〇〇ポンド爆弾二発を喰らった敵戦艦も大量の浸水をまねいて大破しており、これも戦果にはちがいなかった。

『敵主力空母二隻を撃沈！　さらに空母もう一隻と戦艦一隻を大破した！』

攻撃隊は日本軍の空母三隻を撃破してそのうちの二隻を見事に沈めたのだ。陸軍機のみの戦果としては上々にちがいなく、これ以上の結果は望むべくもなかった。

対する帝国海軍は、司令長官に就任したばかりの福留繁中将を亡くしてしまい、機動部隊の立て直しを余儀なくされた。

ちなみに米軍は、仇敵「赤城」を撃沈したことは承知していたが、福留繁中将の戦死にはいまだ気づいていなかった。

それはともかく、この大勝利にサンフランシスコの艦隊司令部は沸きかえり、ハルゼー大将も感極まって喜びの声を上げた。

「でかした、（空母を）二隻も沈めたか！　大破したヤツもしばらくは動けまい……。戦争始まって以来の大勝利だ！」

ハルゼー司令部ばかりではない。

この大勝利はまもなくサンディエゴの太平洋艦隊司令部にも伝わり、全軍をあずかる、チェスター・W・ニミッツ大将もまた、膝を叩いて喜んだのである。

――日本軍の主力空母を三隻も減殺したのは大きい……。よし！　これでハワイ奪還のお膳立てはととのった！

エセックス級の大型空母はすでに続々と就役しつつあった。

3

一二六機に及ぶ戦闘機で迎撃したにもかかわらず、結局、完全に撃墜することのできた米軍機は全部で五〇機程度にすぎなかった。

米軍爆撃機の撃たれ強さもさることながら、空戦では、新型の烈風でも苦戦を余儀なくされ、機動部隊は一連の防空戦において烈風四五機と零戦二一機の計六六機を失っていた。

迎撃に上げた味方戦闘機の半数以上を、この防空戦で一挙に失ったことになる。

シアトル近郊都市に対する空襲は奇襲となって成功したため、多くの敵戦闘機を地上で撃破することができた。ところが今回は、米軍も万全の防御態勢を敷いており、帰投して来た味方攻撃隊も二〇〇機以上を失っていた。米軍の新型戦闘機にひとたび上空へ舞い上がられると、味方は〝よほどの苦戦を強いられる！〟と思い知らされたような格好だ。

――ダメだ……。烈風でも新型の米軍戦闘機には劣勢を強いられる！

満足に艦隊を護ることができず、機動部隊はなけなしの主力空母二隻を失い「飛龍」も大破したのだから、連合艦隊司令部としてはそう断じざるをえなかった。

——最新型の艦上戦闘機をあらためて開発し、母艦航空隊へ早急に配備する必要がある！

サンフランシスコに対する空襲はどうみても失敗で、攻撃隊の収容を午前一〇時五二分に完了すると、山口大将は、麾下全軍に対して真珠湾への引き揚げを命じた。

それにしても、虎の子の空母「赤城」だけでなく「蒼龍」も沈められ、第三艦隊の威容はもはや見る影もなかった。

唯一「飛龍」が沈没をまぬがれたのは不幸中の幸いだったが、盾となった「比叡」の速力も今や一七ノットに低下していた。

そしてなにより、福留中将を亡くしたことが大きい。海兵四〇期卒業の福留中将は山口多聞とは同期で、その訃報を聞くや山口も一瞬、天を仰いで、しばらくのあいだ瞑目《めいもく》した。

これで機動部隊の一角が崩れ、第三艦隊は再度一から立て直す必要がある。いや、第三艦隊ばかりではない。今回もまた、大量の艦載機を消耗してしまい、機動部隊自体をもう一度、一から立て直す必要があった。

「……『飛龍』は是が非でも、真珠湾へ無事に帰投させる必要がある！」

山口がそう釘を刺すと、連合艦隊参謀長の矢野志加三《しかぞう》少将がまとめ役となって撤退案を作成、それを麾下全艦艇に布告した。

米軍攻撃隊が再び来襲するようなことはまずない。最も警戒すべきは敵潜水艦だった。

潜水艦に対する備えを厳重にし、連合艦隊はそのまま一旦北西へ迂回、米本土との距離を充分に取ってから針路をオアフ島へ向けた。

日中は被害をまぬがれた空母「翔鶴」「瑞鶴《ずいかく》」「雲龍《うんりゅう》」「魁鷹《かいよう》」「飛鷹《ひよう》」「隼鷹《じゅんよう》」などからひっきりなしに対潜哨戒機を飛ばして、夜間も爆雷を装備する駆逐艦などで「飛龍」「比叡」の周囲をがっちりと護衛した。

その甲斐あって、米本土近海に在った連合艦隊の全艦艇が、一二月一八日・夕刻には無事、真珠湾へ帰投することができた。

そのなかには当然、大破した「飛龍」「比叡」のすがたも在ったが、最も気掛かりなのは空母「飛龍」の修理に〝いったいどれほどの歳月を要するのか……〟ということだった。

そして二〇日には、その判定が下された。


真珠湾にはすでに工作艦「明石」が進出しており、工廠関係者や工員なども少なからず内地から到着していた。幸いにも、戦前に米軍が使用していた真珠湾のドックや工廠も復旧が成り、使える状態にある。

検討の結果、「飛龍」は真珠湾のドックで全面的に修理をおこなうこととし、「比叡」は「明石」で最低限の応急修理を実施した上で一旦、戦力外とし、母港の横須賀へもどして内地で本格的な修理をおこなうことにした。

主力艦二隻を真珠湾で同時に修理するのはいかにも荷が重く、「飛龍」の早期復旧を成し遂げるには、「比叡」を内地で修理するしかなかった。

それでも、空母「飛龍」をすっかり修理するには、最低でも〝三ヵ月は掛かる！〟と判定されたのだった。

戦力外通告を受けて内地へもどされることになった「比叡」の乗員はみな「せっかく身を挺して戦ったのにまるで貧乏クジじゃないか！」と悔しがったが、空母の盾《たて》となって〝よくぞ「飛龍」の窮地を救った！〟ということで、艦長の猪口敏平大佐以下、乗員全員に対して、山口大将から特に感状が出されることになった。

この処置で「比叡」の乗員はすっかり留飲《りゅういん》を下げ、空母を護ることの重要性が、連合艦隊麾下の全将兵にあらためて徹底されたのだった。

いっぽうで、福留繁中将の訃報と主力空母「赤城」「蒼龍」の喪失は、内地にも大きな衝撃をあたえていた。

とくに軍令部では、みなが衝撃のあまり、がっくりと肩を落としていたが、独り総長の米内光政《よないみつまさ》大将だけはちがった。

「きみ、これで米本土への空襲は当面むつかしくなったね……」

まるで他人事のようなその言い草に、軍令部次長の伊藤整一《せいいち》中将は、この人は〝ひょっとしてボケてしまったのではないか？〟と疑うほどだったが、決してそんなことはなかった。

翌日には伊藤自身と、一〇月から軍令部・第二部長に就任していた黒島亀人《かめと》少将が総長室に呼び出され、米内大将からあらためて具体的な指示を受けた。

「空母が一度に三隻も減って、連合艦隊はよほど困っているだろう……。ここは海軍を挙げて連合艦隊を助ける必要がある！　大臣（山本五十六大将）は忙しいだろうから、（海軍省）軍務局や艦政本部ともよく相談し、空母不足をおぎなうための知恵を二人でしぼり出してもらいたい」

こういうときにこそ軍令部がしっかりすべきだった。「連合艦隊を助けよ！」との指示に、伊藤は昨日とはうって変わってすっかり納得、唯々《ただただ》、総長の言葉にうなずいた。

おもえば連合艦隊は連戦連勝を続けてきた。これまでにも軽空母「龍驤《りゆうじよう》」や空母「加賀」を失ってはいたが、一度に二隻以上の空母を失ったのはこれがはじめてのこと。その上「飛龍」も大破してしまい当面は作戦できない状態にある。「第二次布哇《ハワイ》作戦」のときにも米軍に一度ケチを付けられたが、これほど手痛い敗北を喫したのは、今回がはじめてだった。

米内大将が言うとおり、なるほどここは、万難を排して連合艦隊を助けるべきであり、軍令部はそれこそ、連合艦隊を支えるための組織にちがいなかった。

——総長のおっしゃるとおりだ。永野（修身《おさみ》）さんのときとはえらいちがいだな……。

口に出してこそ言わないが、伊藤はしみじみそう思った。

伊藤がうなずいたのを見て、米内は俄然、黒島に水を向けて言及した。

「あれから六年にもなるが、きみとはふしぎな縁があるな……。軍備や兵器、とりわけ空母をはじめとする軍艦の手当てをしてやるのは軍令部・第二部長であるきみの務めだ。もう一度〝山籠もりしろ〟とは言わないが、空母がいっぺんに三隻も減ったのは痛い。連合艦隊の空母不足をおぎなうために、ここはなにか、良い知恵をひねり出してもらいたい」

すると黒島は、すこしばかり考えてから、おもむろにつぶやいた。

「……じつは、ひとつだけ思い付いたことがあります」

「ほう……。ぜひ、聞かせてもらおう」

米内がそう応じると、それでは、ということで黒島は早速〝その案〟を口にした。

そして、聞き終えるや、米内はいかにもうれしそうににこりとうなずき、伊藤も〝妙案にちがいない！〟と膝を打ったのである。

黒島亀人が思い付いたのは、むろん空母不足を解消するための善後策だった。

第二章　征西の大空母群

1

大統領四選をもくろむフランクリン・D・ルーズベルトは、この勝利を大いに利用した。

米国政府の発表では、大破した日本の戦艦は正確に一隻となっていたが、爆撃を受けた三空母はいずれも〝沈められた〟ことになっていた。

対日戦はじまって以来の大勝利で、大統領府が待ち望んでいた眼に見える戦果だ。

サンフランシスコ周辺基地の被害や喪失機の多さにはほとんど触れられず、日本軍機動部隊を撃退してみせたハルゼー大将は、大いに名を馳せて時の人となっていた。

ルーズベルト大統領が民主党の党大会に、急遽飛び入りで参加して、ハルゼー提督の戦いぶりを激賞したからである。

対ドイツ戦はおよそ順調なこともあり、ルーズベルト政権に対するアメリカ国民の信任は一夜にして回復した。

けれども、太平洋艦隊司令長官のニミッツ大将は、「サンフランシスコ沖海空戦」の戦果を努めて冷静に分析していた。

――「赤城」「蒼龍」を沈めたのはまちがいないが、「飛龍」はどうやら取り逃がし、パールハーバーへ逃げ帰ったようだ……。

通信諜報班やエドウィン・T・レイトン大佐の報告分析によると、そう断定せざるをえなかったが、どうやら空母「赤城」に座乗していた福留繁中将は戦死したらしく、日本軍機動部隊に大きな打撃をあたえたのはまちがいなかった。

——さすがブル（ハルゼー提督）だ！　ここへ来て日本の主力空母二隻を沈めたのは大きい。おそらく大破したもう一隻もしばらくはまともに作戦できまい……。日本軍機動部隊が戦力の立てなおしに時間を要するとすれば、今こそハワイ奪還に乗り出すべきだ！

ルーズベルト大統領からは〝可及的すみやかにハワイ諸島を奪還せよ！〟との命令がすでに出されており、作戦の実施時期についてはニミッツに一任されていた。作戦部長のアーネスト・J・キング大将もそのことをもちろん承知している。

ハワイ奪還の〝好機到来！〟とみたニミッツは一二月一五日にレイモンド・A・スプルーアンス中将を自室へ呼び出した。

スプルーアンスは一九四三年五月三〇日付けで中将に昇進しており、太平洋艦隊参謀長にはスプルーアンス中将に代わって、チャールズ・H・マクモリス少将が就任していた。

スプルーアンスが入室して来ると、ニミッツはいきなり切り出した。

「年明け早々に太平洋艦隊の指揮下へ第五艦隊を新たに設け、空母や戦艦などをすべてそちらへ編入する。いよいよハワイ奪還に乗り出すが、その指揮をきみに執ってもらう」

スプルーアンスは六月以降、ハワイ奪還作戦の研究を命じられており、「第五艦隊」を率いるのに最もふさわしかった。

ハルゼー大将を本土防衛の任から外すわけにはいかないし、キング大将がスプルーアンスの司令長官就任を強く推し、ニミッツもそれに賛成したのだった。

当のスプルーアンスもハワイ奪還の研究を命じられたときからこの日が来るであろうことを予期していた。

「望むところですが、出撃はいつですか?」

スプルーアンスが訊き返すと、ニミッツは重々しく応じた。

「来年（一九四四年）五月までにぜひとも奪還する必要がある……」

これを聞いて、スプルーアンスはすぐにピンときた。

——ははあ、五月中に奪還して、大統領は候補者指名を確実にしようというのだな……。

ニミッツが続ける。

「パナマ運河の復旧にはすくなくともあと一年は掛かる。したがって、遅くとも一月中旬にはハンプトンローズ（東海岸基地）から出撃してもらう必要がある」

「……そうしますと、艦隊用高速空母はエセックス級七隻とインディペンデンス級八隻の合わせて一五隻ですね?」

この一一月にはエセックス級の空母二隻「ワスプII」「ホーネットII」とインディペンデンス級の軽空母「サンジャシント」が竣工していた。スプルーアンスが言うとおり、三空母とも一月中旬には訓練をひととおり終えて、太平洋艦隊の指揮下に在る作戦可能な高速空母は全部で一五隻となるのであった。

だがニミッツは、これをやんわりと否定した。

「いや、じつは工事を急いで、年明け一月一五日までに、『フランクリン』も竣工することになっている。……だから高速空母は『フランクリン』を加えて全部で一六隻だ」

　エセックス級空母の八番艦「フランクリン」に早期完成の督促が出されていたことはスプルーアンスも承知していた。

「しかし、竣工したからといって、すぐに出撃できるわけではありません。最低でも一ヵ月程度の習熟訓練は必要でしょう？」

　スプルーアンスが目をまるくして首をかしげるのも当然だった。

　新造艦には通常二ヵ月程度の習熟訓練を実施してから前線へ送り出すのがアメリカ海軍の常識となっている。空母「フランクリン」を第五艦隊へ加えるのは時期尚早にちがいなかった。

　空母「フランクリン」の艦隊編入は通常なら三月中旬ごろとするのが妥当だが、ニミッツも当然そのことは承知していた。

「ああ、普通ならそうだが、パナマ運河が破壊されているので今はそうした時間がない。大遠征を強《し》いられ、ハワイ近海まで進出するのに三ヵ月は掛かる。日本軍も五月までに必ず空母を新造してくるだろう。それを考えると、『フランクリン』の作戦参加が絶対に欠かせない！」

　味方空母は一隻でも多いほうが良いに決まっている。それは当然だが、スプルーアンスもすぐには納得しない。

「そりゃわかりますが、急いては事を仕損じると申します！　遠征中に不具合などを生じて『フランクリン』にもしものことがあれば、責任問題に発展しかねません」

するとニミッツは、いつになく真剣な顔付きとなって断言した。

「艦長やきみたちの責任を問うようなことは決してない。万一の場合は出撃を命じた私が全責任を負う！　加えて、そうした事故が起きないように竣工後三日間にわたって水密検査だけは徹底的におこない、その上で出撃を命じる。それでもなお不具合を生じたような場合には、『フランクリン』のみに引き揚げを命じる。……前例のないことだが『フランクリン』の習熟訓練は、ハワイへの進軍中に実施してもらいたい。……充分に可能だと思うが、無理かね？」

ニミッツが逆にそう訊くと、スプルーアンスはしぶしぶ応じた。

「……そりゃ、やってやれないことはないでしょうが……」

ニミッツがすかさず突っ込む。

「ならばぜひやってもらいたい！　くどいようだが、もしものことがあっても、きみたちの責任を問うようなことは一切ない。また、万一『フランクリン』に事故や不具合が生じた場合には、きみの判断で引き返しを命じてもらって結構だ。……しかし、同艦を首尾よく進出させることができれば、かなりの戦力になる。およそ一〇〇機の加勢となるので、日本軍の航空兵力をおそらく確実に上まわれるはずだ！」

むろんスプルーアンスとしても、空母は喉から手が出るほど欲しかった。しかも大型のエセックス級空母だ。なにか不具合を生じたときには、引き返せばよいだけのこと。その責任はニミッツ長官自身が負うと言っているのだから、もはや断る理由はなかった。

「わかりました。そうまでおっしゃるなら、それでぜひ、やってみましょう」

　最後はスプルーアンスも快く同意し、これで空母「フランクリン」の出撃が決定、作戦に参加する高速空母は全部で一六隻となった。

2

　懸案の空母「フランクリン」は結局、一月一三日に竣工した。

　翌・一四日から一六日まで三日間にわたって水密検査を徹底的に実施したが、工事を急いだ所為《せい》か、喫水線下の第二六区画でわずかな水漏れが発見された。その日から早速、昼夜兼行で補強工事をおこない、同艦に出撃の許可が下りたのは結局一月一八日のことだった。

　艦載機の積み込みと重油の補給をおこない、空母「フランクリン」は一月二〇日にはハンプトンローズから出港、カリブ海で艦載機の訓練を実施していた第五八機動部隊の指揮下へ一月二五日に編入された。

【第五艦隊】
／司令長官　R・A・スプルーアンス中将
／同参謀長　H・M・ムリニクス少将
　旗艦・重巡「インディアナポリス」
○第五八機動部隊　M・A・ミッチャー中将
　旗艦・空母「レキシントンⅡ」（第三群）
〔第一空母群〕　J・V・リーヴス少将
・空母「ヨークタウンⅡ」「ホーネットⅡ」
・軽空「ベローウッド」「サンジャシント」
・重巡「バルチモア」「ボストン」

・軽巡「モントピーリア」「ビロクシー」
・駆逐艦一〇隻
〔第二空母群〕 A・E・モンゴメリー少将
・空母「バンカーヒル」「ワスプⅡ」
・軽空「プリンストン」「キャボット」
・戦艦「ニュージャージー」
・重巡「ルイスヴィル」「ニューオリンズ」
・軽巡「バーミンガム」「サンディエゴ」
・駆逐艦一〇隻
〔第三空母群〕 F・C・シャーマン少将
・空母「イントレピッド」「レキシントンⅡ」
・軽空「インディペンデンス」「モントレイ」
・戦艦「アイオワ」
・重巡「ミネアポリス」「ポートランド」
・軽巡「クリーブランド」「サンファン」
・駆逐艦一〇隻

〔第四空母群〕 S・P・ギンダー少将
・空母「エセックス」「フランクリン」
・軽空「ラングレイ」「カウペンス」
・重巡「サンフランシスコ」「アストリア」
・軽巡「オークランド」「セントルイス」
・駆逐艦一〇隻
〔火力支援群〕 W・A・リー中将
・戦艦「ワシントン」「ノースカロライナ」
・戦艦「サウスダコタ」「インディアナ」
・戦艦「マサチューセッツ」「アラバマ」
・重巡「シカゴ」「ソルトレイクシティ」
・軽巡「アトランタ」「ジュノー」
・駆逐艦八隻
〔支援空母群〕 F・B・スタンプ少将
・ボーグ級護衛空母×四隻
・水上機母艦×四隻、駆逐艦六隻

○第五一任務部隊　R・K・ターナー中将
　旗艦・揚陸指揮艦「ロッキーマウント」
　付属／駆逐艦六隻
〔第一空母群〕　R・E・デヴィソン少将
・サンガモン級護衛空母×四隻
・駆逐艦六隻
〔第二空母群〕　V・H・ラグズディル少将
・カサブランカ級護衛空母×六隻
・駆逐艦六隻
〔第三空母群〕　T・L・スプレイグ少将
・カサブランカ級護衛空母×六隻
・駆逐艦六隻
〔火力支援群〕　J・B・オルデンドルフ少将
・戦艦「テネシー」「ニューメキシコ」
・戦艦「ミシシッピ」「アイダホ」
・戦艦「メリーランド」「コロラド」
・軽巡「ブルックリン」「ホノルル」
・軽巡「フェニックス」「ヘレナ」
　・駆逐艦八隻
※第五一任務部隊の艦艇はマグダレナもしくはサンディエゴで碇泊中。

マーク・A・ミッチャー中将が指揮官を務める第五八機動部隊は四つの高速空母群から成り、空母「フランクリン」を〝第四群〟に加えて、四つの空母群はいずれも大型空母二隻、軽空母二隻ずつの陣容となっていた。

ミッチャー中将はエセックス級空母「レキシントンⅡ」に将旗を掲げ、第三空母群に陣取って機動部隊全体の指揮を執っている。第五八機動部隊はひと足早く一月一五日にハンプトンローズから出港していた。

そして、二〇日・午前中にカリブ海へ入ったミッチャー空母群は、五日間にわたって艦載機の飛行訓練を実施しながら、空母「フランクリン」の到着を待っていたのである。

いっぽう、リッチモンド・K・ターナー中将が指揮官を務める第五一任務部隊は上陸作戦を担う水陸両用部隊で、その多くの艦艇がカリフォルニア半島（メキシコ）のマグダレナ港か、もしくはサンディエゴへ、すでに入港していた。

ただし、第五一任務部隊の旗艦でターナー中将が座乗する揚陸指揮艦「ロッキーマウント」のみは、一一月二八日に東海岸のベスレヘム造船所から出港しており、三月上旬にサンディエゴへ到着する。一月二五日のこの時点で、「ロッキーマウント」はすでにホーン岬を回って、太平洋へ入っていた。

第五一任務部隊の指揮下へ編入された、サンガモン級、カサブランカ級の護衛空母一六隻や、旧式戦艦六隻などは、現在、すべてマグダレナ港に碇泊している。

さらに、第五八機動部隊の指揮下へ編入されたウィリス・A・リー中将の高速戦艦六隻（火力支援群）もすでにマグダレナ港で碇泊していた。

アメリカ本土西海岸へ万一、日本軍が上陸して来た場合に備えてのことだったが、先の「サンフランシスコ沖海空戦」で大勝利をおさめ、日本軍が西海岸へ上陸して来るようなことはもはやなさそうだった。

リー中将の火力支援群はマグダレナ港でミッチャー空母群の到着を待つことになるが、最新鋭のアイオワ級戦艦二隻は、高速空母一六隻とともに太平洋へ移動して来る。

マグダレナ到着後は戦艦「アイオワ」「ニュージャージー」の二隻もまたリー中将の指揮下へ編入され、火力支援群の高速戦艦は全部で八隻となるのであった。

アイオワ級戦艦二隻の部隊編入はじつに頼もしいが、「ハワイ奪還作戦」の牽引役となるのはもちろんミッチャー中将の高速空母群だ。それら空母一六隻の搭載する航空兵力はもはや一〇〇〇機を超えていた。

第五八機動部隊／M・A・ミッチャー中将
〔第一空母群〕 J・V・リーヴス少将
・空母「ヨークタウンⅡ」　搭載機九六機
（艦戦三六、艦爆三六、艦攻一八、夜戦六）
・空母「ホーネットⅡ」　搭載機九四機
（艦戦三六、艦爆三六、艦攻一八、夜戦四）
・軽空「ベローウッド」　搭載機三七機
（艦戦二八、艦攻九）
・軽空「サンジャシント」　搭載機三七機
（艦戦二八、艦攻九）
〔第二空母群〕 A・E・モンゴメリー少将
・空母「バンカーヒル」　搭載機九六機
（艦戦三六、艦爆三六、艦攻一八、夜戦六）
・空母「ワスプⅡ」　搭載機九四機
（艦戦三六、艦爆三六、艦攻一八、夜戦四）
・軽空「プリンストン」　搭載機三七機
（艦戦二八、艦攻九）
・軽空「キャボット」　搭載機三七機
（艦戦二八、艦攻九）
〔第三空母群〕 F・C・シャーマン少将
・空母「イントレピッド」　搭載機九六機
（艦戦三六、艦爆三六、艦攻一八、夜戦六）

・空母「レキシントンII」　搭載機九四機
（艦戦三六、艦爆三六、艦攻一八、夜戦四）
・軽空「インディペンデンス」　計三七機
（艦戦二八、艦攻九）
・軽空「モントレイ」　搭載機三七機
（艦戦二八、艦攻九）
〔第四空母群〕　S・P・ギンダー少将
・空母「エセックス」　搭載機九六機
（艦戦三六、艦爆三六、艦攻一八、夜戦六）
・空母「フランクリン」　搭載機九四機
（艦戦三六、艦爆三六、艦攻一八、夜戦四）
・軽空「ラングレイ」　搭載機三七機
（艦戦二八、艦攻九）
・軽空「カウペンス」　搭載機三七機
（艦戦二八、艦攻九）

高速空母一六隻が搭載する航空兵力は、F6Fヘルキャット戦闘機五一二機、SB2Cヘルダイヴァー急降下爆撃機二八八機、TBFアヴェンジャー雷撃機二一六機、夜戦型ヘルキャット四〇機の計一〇五六機。

すべて新型の艦上機で統一されており、四つの空母群はいずれも、大・小空母四隻ずつの編成で二六四機の艦載機を有していた。

いや、それだけではない。

第五八機動部隊にはフェリックス・B・スタンプ少将が指揮官を務める支援空母群の護衛空母四隻も随伴しており、それらボーグ級の護衛空母にもそれぞれ五六機（ヘルキャット二二機、ヘルダイヴァー一八機、アヴェンジャー一六機）の艦上機が搭載されていた。それが四隻だから合わせて二二四機にもなる。

ボーグ級空母は輸送任務に徹し、機動部隊の後方に位置して戦闘には決して参加しない。艦上機を溢れるほど満載して高速空母群に適宜、機材の補充をおこなうが、四空母の搭載する二二四機を数に加えると、第五八機動部隊の航空兵力は総計一二八〇機にも達するのであった。

――艦載機がこれだけ在れば、日本軍機動部隊の航空兵力を必ず上まわれるはずだ！

ミッチャー中将だけでなくスプルーアンス中将もそう確信していたが、日本軍には〝オアフ島の航空基地群が存在する！〟ということも、決して忘れてはならない。

それら飛行場配備の敵航空兵力を推し量るのはむつかしいが、オアフ島攻略をめざす第五艦隊は敵機動部隊と敵基地航空兵力の両方を相手にして戦う必要があるのだ。

第五八機動部隊のみでそれら日本軍機をすべて排除するのは容易ではないが、上陸作戦を担う第五一任務部隊には一六隻もの護衛空母が基地攻撃用として編入されており、それら護衛空母の搭載機も五〇〇機ちかくに及んでいた。

第五一任務部隊／R・K・ターナー中将

〔第一空母群〕R・E・デヴィソン少将

・サンガモン級護空×四隻　計一四四機

（艦戦一二、艦爆二〇、艦攻四）×四隻

〔第二空母群〕V・H・ラグズディル少将

・カサブランカ級護空×六隻　計一六八機

（艦戦一六、艦攻一二）×六隻

〔第三空母群〕T・L・スプレイグ少将

・カサブランカ級護空×六隻　計一六八機

（艦戦一六、艦攻一二）×六隻

護衛空母一六隻が搭載する航空兵力は、ＦＭ２ワイルドキャット戦闘機二四〇機、ＳＢ２Ｃヘルダイヴァー急降下爆撃機八〇機、ＴＢＭアヴェンジャー雷撃機一六〇機の計四八〇機。

護衛空母で新型のヘルキャット戦闘機を運用するのはむつかしいが、艦が比較的大きく搭載能力に優れたサンガモン級護衛空母には、折りたたみ翼を備えたヘルダイヴァー爆撃機も二〇機ずつが搭載されていた。

かたやカサブランカ級護衛空母は、建造中のものが一九四三年一一月二九日の「シアトル、ポートランド空襲」によって大量に撃沈、撃破されていたが、さすがに〝週間空母〟の俗称をもつだけのことはあって、空襲を受ける前に就役していたものも一五隻ほど存在した。

そのうちの一二隻が「ハワイ攻略作戦」用として準備されることになり、ボーグ級の護衛空母などもふくめると、第五艦隊の指揮下に在る航空母艦は全部で三六隻をかぞえ、それら空母三六隻の搭載する艦上機は総計一七六〇機にも達していたのであった。

さらにスタンプ少将の支援空母群（第五八機動部隊の所属）には四隻の水上機母艦も在り、それら水上機母艦で運用されるＰＢＹカタリナ飛行艇四〇機も数に加えると、スプルーアンス第五艦隊の指揮下に在る航空兵力はちょうど一八〇〇機に達していた。

スプルーアンス中将の座乗艦「インディアナポリス」もすでにカリブ海へ進出している。

――さあ、ホーン岬回りの大遠征だ……。ハワイ近海へ到達するのは五月はじめごろになるだろうが、さすがの日本軍も五月までに一八〇〇機もの航空兵力を準備するのは不可能だろう。

スプルーアンス中将はそう確信し、いよいよ機動部隊以下の全軍に対し、カリブ海からの出撃を命じた。

それは一月二六日・午前八時のことだった。

3

カリブ海から出撃した第五艦隊の艦艇兵力は大型空母八隻、軽空母八隻、新型戦艦二隻、護衛空母四隻、水上機母艦四隻、重巡一一隻、軽巡一〇隻、駆逐艦五四隻の計一〇一隻。これに九隻のタンカーを加えると、総勢一一〇隻にも及ぶ大所帯となっていた。

艦隊はまずポート・オブ・スペインをめざす。

トリニダード島（現・トリニダード・トバゴで英領）に在る良港だが、続いて第五艦隊はブラジルのリオ・デジャネイロ、チリのプンタ・アレナス、ペルーのカラオ、メキシコのマグダレナへと軍を進め、四月中旬にはサンディエゴへ到着して第五一任務部隊と合同する。

サンディエゴまでおよそ一万三〇〇〇海里にも及ぶ大遠征だが、途中で立ち寄る五ヵ所の港にはそれぞれ六日間ほど滞在して乗員には上陸をゆるし、その都度ガソリンや重油、食料などの補給を受ける。

また、洋上移動中には、艦載機の飛行訓練なども継続的に実施する必要があるため、艦隊は平均一一ノット程度での速力で軍を進めてゆくことになる。まったく飛ばない日が続くと、搭乗員の練度がみるみる低下してゆくのであった。

総勢一一〇隻にも及ぶ艦艇を無事に進軍させるのはまったく容易なことではないが、一六隻もの高速空母や二隻の大型戦艦が入港するたびに、各港では大声援を受け、さしものスプルーアンスもこの大艦隊を心底、誇らしげに思っていた。

空母「フランクリン」もいたって順調に航行し続け、まず一月三一日にポート・オブ・スペインへ入港し、二月一九日にはリオ・デジャネイロにも無事入港した。

ブラジルでも大歓迎を受けたが、出征する大艦隊の司令長官を引き受けるに当たって、スプルーアンスにはどうしても気に入らないことがひとつだけあった。

「これだけの大艦隊だ。機動部隊だけでなく水陸両用部隊も第五艦隊の指揮下に入るので、きみはいずれ大将に昇進することになる」

出撃する前にニミッツ大将からそう告げられたのだが、むろん大将に昇進するのは気に入らないどころか喜ばしいことだった。

ところが、次がいけなかった。

「ついては、ムーアには参謀長を辞めてもらう必要がある。承知のとおり大将の下に付く参謀長は少将と決まっているが、ムーアは少将に昇進する予定がない。……しかもムーアには、パイロットの資格がない。大将に昇進するきみは、パイロットの資格を持つ少将を、新たな参謀長として選ぶ必要がある」

ニミッツが言う〝ムーア〟とはカール・J・ムーア大佐のことだった。

ムーアは昨年の夏以降、スプルーアンスの手足となってハワイ奪還の作戦研究をおこない、参謀長として仕《つか》えてきた。

　スプルーアンスが最も信頼する腹心中の腹心だが、ムーアは軽巡「フィラデルフィア」の艦長を務めていたときに座礁事故を起こしてしまい、それがアダとなって少将に昇進する〝め〟が無くなっていた。

　このたび司令長官のスプルーアンスが大将へ昇進するとなれば、その参謀長を務める者の階級は少将でなければならず、少将へ昇進する見込みのないムーアは、自動的にその資格を失ってしまうことになる。

　参謀長としてのムーアは計画立案能力や事務処理能力に異彩を放ち、細事に手を出すのを極端に嫌うスプルーアンスは、当然ムーア昇進の申し入れを再三にわたっておこなった。けれども作戦部長のキング大将が、ムーアの少将昇進を最後まで認めなかったのである。

「私もムーアを参謀長に留めるよう具申してみたが、きみもムーアもパイロットの資格がないのでそこが難点だ。司令長官にパイロットの資格がない場合には、参謀長にパイロット経験者を据えるというのが鉄則だから、これぱかりはあきらめてもらうしかない」

　ニミッツにそう諭《さと》されると、スプルーアンスもそれ以上は無理を言えなかった。

　ムーアの続投がダメとなれば、スプルーアンスはあらためて参謀長を選ぶ必要がある。

「だれか、意中の者はいるかね?」

　ニミッツにそう問われて、スプルーアンスの頭には真っ先に〝アーサー・C・デヴィス〟の顔が浮かんだが、デヴィスは「エンタープライズ」が沈没したときに艦長として責任を取っており、すでにこの世に亡かった。

スプルーアンスがかぶりを振ると、ニミッツが三名ほどの候補を挙げ、その中からスプルーアンスは、ヘンリー・M・ムリニクス少将を参謀長に選んだのだった。

理系の頭を持つムリニクスは、アナポリスやマサチューセッツ工科大学で航空工学を学び修士号を受けている。ペンサコラの海軍飛行学校で訓練を受けたあと、一九二四年にパイロットの免許を取得し、海軍機のエンジン開発などに従事していた。その後、水上機母艦や空母「エセックス」の艦長を務め上げ、一九四三年八月には少将に昇進して空母部隊（護衛空母群）の指揮官となっていた。ちなみにハルゼー大将の参謀長を務めているロバート・B・カーニー少将とはアナポリスの同期（一九一六年組）で、ともにクラスのトップを切って少将に昇進していた。

ムリニクスは第五艦隊参謀長に就任するや、その手腕を即座に発揮してみせた。

スプルーアンスは空母「フランクリン」が間に合うかどうか気を揉んでいたが、案の定、水漏れが見つかり、いよいよ不安を募らせた。ところがムリニクスはただちに「フランクリン」へ足を運び、「二日で修理できます！」とスプルーアンスに報告したのだった。

「工事主任からきっちりと確認を取りましたので心配ありません！『インディアナポリス』も今日中（一月一六日中）に出港し、カリブ海で『フランクリン』の到着を待ちましょう」

行動もすばやく、その言葉にはふしぎな説得力があった。むろん空母「フランクリン」は間に合い、この一件でスプルーアンスはすっかりムリニクスのことを信用するようになっていた。

　第五艦隊は一隻の落伍艦も出すことなく、三月五日にはチリのプンタ・アレナスへ入港し、三月一二日には同地から出港した。

　そして南アメリカ大陸の南端を回って、いよいよ太平洋へ打って出るや、レイモンド・Ａ・スプルーアンス中将は三月一五日付けで大将に昇進したのである。

　ムリニクスは、はためく中将旗を降ろして、「インディアナポリス」のメイン・マストに、高々と大将旗を掲げるように命じた。

　一〇〇隻に余る兵力で太平洋へ踏み込んだからには、もはや日本軍の潜水艦などといつ遭遇してもおかしくはなかった。

第三章　決戦機「疾風《はやて》改」

1

昭和一八年（一九四三年）九月二六日に鈴木貫《かん》太《た》郎《ろう》内閣が発足すると、一〇月五日、勅令・第八二四号「軍需省官制」に基づいて、商工省の大半と企画院の国家総動員部門を統合し「軍需省」が設置された。開庁の当初は鈴木首相が軍需大臣を兼摂していたが、一〇月一〇日には中島知《ち》久《く》平《へい》が初代・軍需大臣に就任した。

軍需省の部局のなかで最大なのが「航空兵器総局」で、軍需省は事実上、航空機の〝生産増強を図るために設置された〟といってよい。

これまでは陸海軍がばらばらに資材や燃料などを調達しており、ときにはいさかいが起きるようなこともあった。これではたがいに足をひっぱり合っているに等しく、双方の技術交換なども限られた範囲でしかおこなわれていなかった。

そうした状況を打破するために、軍需省の「航空兵器総局」で陸海軍機の発注を一元化し、航空機の生産効率を飛躍的に向上させようというのが開庁の主たる目的であった。

軍需大臣に就任した中島知久平はいうまでもなく「中島飛行機」の創業者で、それが航空機生産のいわば元締め役となるのだから〝我田引水《がでんいんすい》ではないか……〟との批判もあった。

しかし、中島知久平自身はすでに議員となって社の経営からは退いていたし、絶大な国力を誇る米国との隔たりを埋めて航空消耗戦を勝ち抜くには、航空機生産に熟知する中島知久平のリーダーシップを国家が必要としていた。

「中島飛行機を、えこひいきするようなことは神明に誓ってない！」

なにより陸海軍が中島知久平の力を必要としており、海軍は軍需省「航空兵器総局」長官に陸軍の遠藤三郎中将が就任することを容認し、陸軍にまずは譲歩してみせた。

ただし、航空兵器総局の事実上の取りまとめ役となる総務局長には、海兵四一期卒業の酒巻宗孝《さかまきむねたか》中将（一〇月一五日付けで中将に昇進）が就任した。ちなみに、酒巻は海軍航空本部・総務部長を兼務していた。


海軍が譲歩したのはほかでもない。陸軍の四式戦闘機・疾風を艦上機化するために、中島飛行機や陸軍の協力を是が非でも必要としていたからであった。

陸軍の主力戦闘機を海軍が〝艦上機化する〟というのだから前代未聞の画期的な試みにちがいなかったが、これは軍需省・開庁の目的とも期せずして一致していた。

「申し訳ありません。……一七試艦戦（史実の烈風）の開発は失敗に終わりました」

航空技術廠長の和田操《みさお》からそう聞かされていた山本五十六は、海軍大臣に就任するや大鉈《おおなた》を振るい、軍需省の開庁に踏み切って人事面などで陸軍に譲歩してみせたのだった。

「連合艦隊長官がもし、山口くんでなければ、陸軍に決して譲ったりはしません！」

「……ですが新型艦戦を早急に開発して、ここはなんとしても、連合艦隊を支えてやる必要があるのです！」

山本がさらにそう力説すると、軍令部総長の米内光政大将はいともあっさりうなずいた。

「ああ、いいよ。……（戦争が）ここまで来たら海軍、陸軍などと言っておられない」

軍令部の同意も得、これで軍需省の開庁と四式戦・疾風の艦上機化が本決まりとなった。

航空行政の一元化には、そもそも陸軍のほうが乗り気だったのだ。

そして、軍需省での取り決めにより、海軍は疾風・艦上機化の協力を陸軍から得る代わりに、海軍が温存していた比較的、オクタン価の高い航空ガソリンを陸軍機やその航空隊にも提供してやるということになった。

じつは海軍からのガソリン供与を、喉から手が出るほど陸軍は欲しがっていた。

かつて海軍は、台湾の高雄飛行場が完成するまでの一時期に、陸軍の屏東《へいとう》飛行場（台湾南部）を間借りしていたことがある。

そこに海軍が温存していたオクタン価の高い（九七オクタン、九五オクタンの両説あり）航空ガソリンを、疾風の試作中に海軍に頭を下げて融通してもらったところ、「誉《ほまれ》」エンジンの調子が劇的に改善し、試作中の疾風の最大速度が大幅に向上したということがあったのだ。

そもそも「誉」エンジンは九二オクタン以上の燃料使用を前提としていたが、陸軍の使用していた航空ガソリンは最高でも九一オクタンで、なかには八七オクタンまで低下しているものもめずらしくなかった。

　ところが、そんな条件下でも試作中の疾風は高度五〇〇〇メートルで時速六二四キロメートルの最大速度を発揮してみせたのだ。

　──こりゃ、海軍さんからもらったオクタン価の高いガソリンを使えば、優に時速六五〇キロメートルぐらいは出せるぞ！

　試作機・実験審査部からこうした報告が入っており、陸軍が海軍の航空ガソリンを欲しがるのは当然のことだった。

2

　昭和一八年四月に四式戦・疾風が初飛行に成功すると、増加試作機のうちの二機が海軍にも譲り渡されていた。空技廠長の和田操中将はその出来栄えに驚かざるをえなかった。

　──こりゃ傑作じゃないかっ！　一七試艦戦とは大ちがいだ！　同じ「誉」エンジンを載せているのに、なぜ、こうもちがう!?

　海軍のテスト・パイロットが試乗して飛んでみたところ、最大速度はかるく時速六〇〇キロメートルを超えて、操縦安定性もよい。機体の強度も充分で、時速八〇〇キロメートルを超える速度で急降下してもビクともしなかった。

　航続力や旋回能力もまずまずだし、開発中の三菱・烈風（金星エンジン搭載）よりはるかに優れている。疾風の性能に魅了された和田の頭に、ふと、ある考えが浮かんだ。

　──これをなんとかして、艦上戦闘機にできないものかっ!?

　和田がそう思い付いたのが六月下旬ごろのことだった。

思い立ったが吉日。和田は早速、疾風・艦上機化の可能性について、航空本部・第三部長の多田《ただ》力三《りきぞう》（機関）少将と話し合ってみた。

多田は海軍機関学校二三期の卒業で飛行士の免許も持っている。航空技術のエキスパートで一〇月に軍需省が開庁すると、航空兵器総局の第二局長を兼務することになる。

「どうかね？　私は可能だと思うが、艦上機化の脈はあるかね？」

和田がそう訊ねると、疾風への試乗を終えた多田は即答した。

「充分可能です。……飛行性能は申し分なく射撃時の据わり（安定性）もいい。艦上機化するにはもちろんいくつかの点で改造が必要ですが、空母艦上でもまず〝支障なく使えるようになる！〟と確信します」

これに大きくうなずくと、和田は問題をひとつひとつつぶしていった。

「現状でも発艦は可能だろうが、空母へ着艦させられるかね？」

「まず主脚回りを強化して、当然、着艦フックを取り付ける必要がございます。……加えて現状では、翼面荷重の値が大きすぎますので、その値を一六〇キログラム／平方メートル程度まで下げるため、主翼面積を九パーセントほど増やす必要があるでしょう。そうすれば空母にも安全に着艦できるようになるはずです。まずは主翼の両端を五〇センチメートルずつ延長してみてはいかがでしょうか……。主翼の強度は充分ですから、補強せずとも、胴体根本からの折りたたみ翼化が可能です。早期完成をめざして、主翼の形状はなるべく変えないほうがよいでしょう」

　すると和田は、こくりとうなずき、おもむろに問いただした。

「それらの改造を半年ほどでやってしまいたいと思うが、どうだろうか？」

「主翼を延長し、着艦フックの装備と足回りをすこし強化する程度ですから、おそらくできるものと考えます」

　これにもうなずくと、和田はさらにもうひとつだけ確認した。

「操縦席の位置が後ろに在り、零戦などと比べて着艦時の視界が狭くなるように思うが、その点は問題にならんかね？」

「飛行甲板はたしかに見づらいでしょうが、着陸時における機体の安定度は良好ですから、そのあたりは搭乗員が慣れて来れば、さほど問題はないと思われます」


　そう聴いて和田はまず安心したが、着陸時の視界不良についてはさらに気になったので、和田は後日、海軍テスト・パイロットで戦闘機乗りの志《し》賀《が》淑雄《よしお》大尉にも試乗を命じ、その上で意見を聞いてみた。

「どうかね？」

「たしかに飛行甲板は見づらいでしょう。欲を言えば風防（操縦席）の位置をもっと前寄りにするか、もしくは主翼を胴体後方へすこしずらしてもらいたいところですが、現状でもやってやれないことはありません。着艦できないほどではありませんので、まあ、慣れの問題です。……下手に改造して飛行性能が低下するぐらいならこのままで結構です。（空母への）タッチ・アンド・ゴーを何度かくり返せば、（搭乗員は）みな、徐々に感覚をつかんでゆくでしょう」

志賀が言うとおりで、零戦などと比べれば着陸時の視界はたしかに悪い。しかし、疾風などよりも操縦席が後方に在る米軍のＦ４Ｕコルセア戦闘機でさえ艦上機として採用されている。着陸時における下方の視界不良が疾風程度なら、さしたる問題はなかった。

「わかった。それなら主翼などの小改造にとどめるが、実際に飛んでみて、……この機の手応えはどんなものかね？」

あらためて和田がそう訊くと、志賀はきっぱりと断言した。

「稀《まれ》にみる優秀機です。速度は申し分なく、運転制限下でも時速三五〇ノット（約六四八キロメートル）を発揮できました。重戦にしては旋回力に優れ、射撃時の据わりもいい。……ケチを付けるとすれば、現状では上昇力に難があります」

これを聞いて和田はにやりとした。

このときは九五オクタン価のガソリンを使っていたが、時速三五〇ノットという速力は、一七試艦戦に対する速度要求・時速三四五ノットをきっちり五ノットも上まわっていた。その他の性能についても帝国海軍切っての戦闘機乗りである志賀大尉が太鼓判を押したのだから、待望の次世代型戦闘機といってよかった。

ただし、上昇力には難があるという。その点を和田はもうすこし具体的に確かめた。

「なるほど上昇力か……。高度五〇〇〇メートルまで、何分何秒ほど掛かった？」

「六分三〇秒ほど掛かりました。……ただし現状では、エンジンに運転制限が掛かっておりますので、それが解除されますと、六分はまちがいなく切るのではないでしょうか……」

「いまはそれぐらいしか言えませんが、上昇力はもっと改善するかもしれません」

志賀がそう言及すると、和田は大いにうなずいてみせた。

そして、志賀に労《ねぎら》いの言葉を掛けると、和田はひそかに艦上機化を決意したのである。

3

和田が軍令部を通して疾風の艦上機化を打診したところ、参謀本部は三日と経たずして、海軍の申し出に色よい返事で応じてきた。

陸上機を艦上機に転用するということは英国などでもおこなわれており、陸軍に海軍の申し出を拒否するような理由はなかった。参謀本部はむしろ〝海軍に恩を売るよい機会だ！〟と考えた。


このとき陸軍はすでに疾風試作機のエンジン排気管を「集合排気管」から「推力式単排気管」に改めることを決めており、そのことは海軍・空技廠にも伝達された。エンジンから出る排気ガスを効率的に利用することで、速度や上昇力の向上が見込まれるのだ。

疾風の艦上機化を決定した空技廠は、陸軍からさらに追加で試作機の譲渡を受け、七月から本腰を入れて同機の改造に着手した。改造試作機には当然、推力式単排気管を採用した。

主脚・足回りの強化や着艦フックの取り付けはなんら問題なかった。それと併行して折りたたみ翼化と翼の延長が図られたが、すぐには思うような結果が出ず、翼の延長は両翼・三七センチメートルずつにとどめて、翼幅をわずかに増すことで翼面積の増加を図ることにした。

そして数度の改修の結果、一〇月三日には〝これぞ!〟という試作機が完成、一〇月五日には艦上機型の疾風として飛行テストに臨み、初飛行に成功した。

新型艦上戦闘機「疾風改」/乗員一名
・搭載エンジン/中島・誉二一型
・離昇出力/二〇〇〇馬力
・全長/九・九二メートル
・全幅/一一・九八〇メートル
主翼折りたたみ時/六・〇メートル
・全高/三・三八メートル
・全備重量/三九三〇キログラム
・主翼面積/二三・〇平方メートル
・最大速度/時速三三九ノット
/時速・約六二八キロメートル
・巡航速度/時速二〇〇ノット
・航続距離/七六〇海里(増槽なし)
/一三五〇海里(増槽あり)
・武装/二〇ミリ機銃×二(二〇〇発×二)
/一二・七ミリ機銃×二(二八〇発×二)
・兵装/二五〇キログラム爆弾一発
※昭和一八年一二月より量産開始。

艦上機型に改造された疾風は、操縦席の計器がキロメートル表示からノット表示に変更されており、高度六〇〇〇メートルで時速三三九ノットの最大速度を記録した。

キロメートル換算では時速・約六二八キロメートルの最大速度を発揮したことになり、ガソリンは九二オクタン価のものを使用して、テスト・パイロットは志賀淑雄大尉が務めていた。

「上昇力もかなり改善し、五分三九秒で高度五〇〇〇メートルに到達しました！」

　このときのエンジンの運転条件はブースト圧が三五〇ミリメートル水銀柱で、回転数は三〇〇〇回転だった。

　機から飛び降りた志賀がそう報告すると、和田はその報告に大きくうなずき、艦上機化の成功をいよいよ確信した。

　――よし、原型機の長所を残したままだ！

　結局、翼面荷重は一七〇キログラム／平方メートル程度となって予定の〝一六〇〟を上まわってしまったが、米軍のF6F、F4U艦戦などの翼面荷重の値は軒並み〝一八〇〟を超えており、型式によっては一九〇キログラム／平方メートルを超えているものもあるので、着艦に支障を来たすほどの数値ではなかった。

　着陸時の安定度は相変わらず抜群で、翼面荷重の増加にもかかわらず、志賀がこれなら必ず〝空母に着艦できる！〟と直感したのはそのためでもあった。

　ただし、テストの結果は万々歳というわけではなく、旋回中にフラップの効きが悪くなるなどの細かい不具合はいくつかあった。それに、今回はあくまで飛行テストのみを実施したので、実際に空母へ搭載して発着艦テストをやってみる必要もあった。

　とはいえ、時速六二八キロメートルという最大速度はすばらしいし、主翼の延長により翼面荷重の値が原型機の〝一八五〟程度から〝一七〇〟程度にまで低下したため、艦上機型の疾風は、陸上機型の疾風よりも旋回能力において一段と優れていた。

このテスト結果を受け、和田は〝年内に量産化できるにちがいない！〟と確信したが、まだまだやるべきことは山積していた。

空母での発着艦テストもそうだが、同機を次期決戦に間に合わせる必要がある。それには原型となった陸軍の疾風よりも先に、艦上機型の疾風を量産しておく必要があった。

当然だが、中島飛行機の生産能力にはおのずと限界があるのだ。

折しも軍需省の開庁が決まり、どちらの疾風を優先的に生産するのかという問題は、陸海軍機の発注を一手に握る「航空兵器総局」で決定されることになった。しかし、事が主力戦闘機の生産という重要事項であるだけに実際には陸海軍幹部の思惑が大きくはたらいて、結局は統帥部間の話し合いで決着が図られた。

連合艦隊を支えたいという一心の米内光政軍令部総長は当然、艦上機型・疾風の優先的な生産を主張したが、参謀総長の梅津美次郎《うめづよしじろう》大将もそうはあっさりと認めない。とはいえ、梅津自身や陸相の阿南惟幾《あなみこれちか》大将もハワイの防衛が最も重要であるということはさすがに認めていた。

その重要性を説明した上で、米内があらためてひとつの妥協案を口にした。

「機動部隊の空母に一通り行き渡るまでは、ぜひとも艦上機型の生産を優先してもらいたい。けれどもそれ以降は、陸上機型の生産のほうに比重を置いてもらって結構です」

すると梅津は、即座に訊き返した。

「機動部隊で必要になるのは具体的に何機ぐらいで、陸上機型優先への切り替え時期はいつごろとお考えですか？」

これに米内は即答した。

「五〇〇機は必要です。……ですので時期で申し上げると、三月いっぱいまでは艦上機型の生産を優先してもらいたい」

中島飛行機から事前に示されていた疾風・増産後の生産予定計画数は、昭和一八年一二月に五〇機、昭和一九年一月は一〇〇機、二月には二〇〇機、そして三月以降はすべて月産三〇〇機となっていた。

これによると、三月末までに計六五〇機の疾風が生産されることになるが、そのうちの八〇パーセントに相当する五二〇機を艦上機型とし、残る二〇パーセントに当たる一三〇機を陸上機型にしよう、というのが米内の提案だった。

「……すると、陸軍の取り分が三九〇機ほど少なくなりますな……」

梅津がうらめしそうな顔でそうつぶやくと、米内はすかさず返した。

「ですから四月以降は、海軍の取り分を四〇パーセント（一二〇機）とし、陸軍の比率を増やして六〇パーセント（一八〇機）とします。一〇月いっぱいまでそれを続けますと、七ヵ月のあいだに六〇機ずつ増えて陸上機型の増加分が四二〇機となり、三九〇機の不足を埋められます。……海軍が三〇機ほど損することになりますが、それは残り福ということでそちらへおまけしましょう。……そして一一月以降は、一五〇機ずつ折半にするということで、いかがですか？」

これを聞いて梅津自身は〝悪い話ではない〟と思った。しかしこれはあくまで机上の計算だ。

「はたして計画どおりに生産できればよいが、そううまくゆきますかね？」

「いや、それは予定どおりにいかない場合もあるでしょうが、中島にはこの方針に沿って生産してもらおうということです。万一、計画にくるいが生じたような場合には、まずは航空兵器総局で解決策を話し合ってもらい、それでもダメな場合には、その都度、陸海軍のあいだで話し合うことにいたしましょう」

梅津はこれにうなずいたものの、その場での即答は避けた。かれは持ち帰って阿南大臣ともよく相談したが、ハワイを失陥したのでは日本の戦争計画自体が成り立たない。空母への配備が最優先というのはまさにそのとおりにちがいなく、参謀本部の連中もここでごねるようなことは避けた。

梅津や阿南は早期講和の考えでとうに一致しており、結局は陸軍も、海軍の主張を認めて米内の提案を受け容れることにしたのであった。

東條色はすでに部内から一掃されていた。

4

一〇月五日に初飛行した艦上機型の疾風とまったく同じ条件（九二オクタン価ガソリン、ブースト圧三五〇ミリメートル水銀柱、回転数三〇〇〇回転）で陸上機型の飛行テストを何度も実施したところ、推力式単排気管に変更した陸軍の疾風はいずれも高度六五〇〇メートル前後で時速六四〇キロメートル以上の最大速度を発揮できるようになっていた。

そして「誉」エンジンの不調も解消されつつあった。戦局の好転も相まって、海上護衛総隊の艦艇に護られた輸送船が、航空機生産に欠かせない戦略物資などを内地へ安定的に供給している。

とはいえ、「誉」は整備のむつかしいエンジンであることに変わりはなく、陸海軍ともその整備方法を厳格に定めて、同機の部隊配備に万全を期すことにした。

それはよかったが、梅津参謀総長の指摘があろうことか現実のものとなってしまった。

一〇月に開庁した軍需省が生産の効率化をめざして、中島飛行機に工場および製作所の統廃合を命じていたが、それら工場や製作所はそれぞれ陸海軍機の生産をおこなう大工場としてもはやフル稼働していたため、この統廃合がかえって混乱をまねき、中島の生産管理能力が限界を超えてしまった。その結果、完成品の検査体制がおろそかになり、不具合が発見されずに陸海軍へ領収されてゆく機が続出、本来の性能を発揮できない疾風が完成品の半数以上にも及んだ。

今後の生産効率化をめざすには致し方のない統廃合ではあったが、一二月と一月に生産された艦上機型の疾風は、本来の性能を発揮できるものが五〇機余りしかなく、六〇機以上の不足を生じてしまった。

二月以降は中島の検査体制もしっかりと機能し始めたが、六〇機の不足は大型空母二隻分の戦闘機戦力に相当するのでとても看過できず、空技廠長の和田操中将はその穴埋めをするために苦肉の策に打って出た。

空技廠で開発された陸上爆撃機・銀河が一一月から中島で移管生産されていたが、その生産数を若干減らすことにし、加えて中島で移管生産されようとしていた高速偵察機・彩雲《さいうん》の量産を当面のあいだ見送って、艦上機型・疾風を二月、三月に三〇機ずつ増やして生産することにした。

この穴埋め策で艦上機型・疾風は三月末までに五〇六機を生産することができたが、新型艦上偵察機・彩雲は、来るべき決戦にはついに間に合わず、六月以降に量産されることになる。

ところで、艦上機型・疾風は初飛行後に、フラップの効きの悪さなどのちいさな問題点をすっかり解消して、一一月一〇日には空母への着艦にも成功していた。

一〇月下旬には軽空母「千歳」「千代田」が空母への改造工事を終えており、疾風の発着艦テストは東京湾で習熟訓練中の「千代田」の飛行甲板を借りておこなわれた。

万全を期すためにテスト・パイロットは志賀大尉が務め、一度だけ飛行甲板をかすめて飛び過ぎた志賀機は、二度目の進入で難なく「千代田」へ舞い下り、見事、着艦に成功した。

二月以降は中島での量産体制もしっかりととのい、和田から報告を受けた航空本部長の塚原二四《にし》三《ぞう》中将は、艦上機型の疾風を「疾風改」と銘打ち制式採用に踏み切ったのである。

周知のとおり疾風改は、最大速度・時速三三九ノット（時速・約六二八キロメートル）を発揮できる新型艦上戦闘機として完成。昭和一九年一月中旬ごろから護衛空母や輸送戦艦「扶桑《ふそう》」などでハワイへピストン輸送されて、順次、機動部隊の空母に配備されていった。

また習熟訓練を終えた「千歳」「千代田」は、彗星、天山などの新型機に加えて試作・艦上機型の疾風一〇機を搭載して、一二月四日に真珠湾へ入港していた。

ちなみに、それら一〇機の試作・艦上機型はすべてフラップなどの改良を終えていた。

　これを受け取った機動部隊では、戦闘機隊の搭乗員らが量産型・疾風改の到着を待たずして、新鋭機に慣れるための飛行訓練を、先を争うようにして開始した。

　サンフランシスコ沖の空中戦で米軍・新型戦闘機の登場に手を焼いていた機動部隊の戦闘機乗りたちは、新鋭機・疾風の性能に大きな手ごたえを感じ、眼をらんらんと輝かせていた。

第四章　空母「大鳳《たいほう》」竣工

1

空母の建造は着々と進んでいた。

一〇月竣工の「千歳」「千代田」に続いて、年末には重巡から改造された軽空母「伊吹」も竣工しており、これで帝国海軍が現在保有する軽空母は全部で六隻となっていた。

さらに護衛空母「神鷹《しんよう》」も空母改装時に機関を換装し、二五・五ノットの速力を発揮できる。

いざとなれば「神鷹」は、機動部隊に編入して軽空母並みの運用をおこない、第一線での活躍が期待されていた。

かたや、正式空母の建造もとどこおりなく、計画どおりに進んでいる。

一〇月に竣工した空母「雲龍」はすでに機動部隊へ編入されて「米本土空襲作戦」にも参加していたが、年明け早々の昭和一九年一月一〇日には雲龍型空母の二番艦「天城」が竣工、加えて一月一八日には同じく三番艦の空母「葛城」も竣工していた。

空母「天城」「葛城」はすでに習熟訓練に入っており、制式採用となった疾風改の発着艦テストなども実施している。両空母は二月いっぱいで試運転を切り上げ、疾風改を満載して真珠湾へ進出することになっていた。

むろん彗星、天山も搭載してゆくが、今回ばかりは疾風改の輸送におもきを置いて、「天城」「葛城」は、それぞれ四八機ずつの疾風改を搭載してゆくことになっていた。両空母とも三月一二日には真珠湾へ到着するだろう。

そして、「天城」「葛城」がハワイへ向かって移動中の三月七日には、待望の装甲空母「大鳳」が竣工する予定となっている。

飛行甲板に九五ミリの鋼鈑を張りめぐらした空母「大鳳」は、五〇〇キログラム爆弾による急降下爆撃に耐え得る防御力を備えているが、翔鶴型空母と比べて搭載機数は減少している。甲板一層を減らしたのだが、新鋭機の疾風改は本格的な折りたたみ翼を採用しており、同機などを飛行甲板へ露天繋止《ろてんけいし》することによって最大で七五機程度の搭載機数を確保できるようになっていた。

ちなみに「翔鶴」「瑞鶴」は同様の条件で八〇機以上を搭載することができた。

装甲空母「大鳳」が真珠湾へ到着すれば頼もしいかぎりだが、空母の建造は「大鳳」で終わりではなかった。

一二月には「赤城」と「蒼龍」を同時に失っていたが、その穴埋め策として軍令部・第二部長の黒島亀人少将が思い付いたのは、じつは雲龍型空母の四番艦「祥龍《しょうりゅう》」の建造前倒しだった。

周知のとおり、開戦と同時に大和型三番艦「信濃」の建造が中止され、同艦の建造が予定されていた横須賀工廠の第六船渠では、「信濃」に代わり雲龍型空母の四番艦、五番艦が昭和一七年六月にそろって起工されていた。

それら四番、五番艦は本来、昭和一九年五月の竣工が見込まれていた。

けれども黒島は、五番艦の建造を一時中断して四番艦の建造に全力を傾注し、四月はじめに四番艦「祥龍」だけを〝先に竣工させてしまおう〟と提案したのであった。

「四、五番艦の建造をこのまま一緒に続けておりますと、両空母とも五月以降の竣工となって、次期決戦に間に合うかどうかわかりません。……竣工後一ヵ月程度は習熟訓練が必要ですから、両空母が実際に作戦できるようになるのは六月中旬以降のこと。それではおそらく間に合わず、二隻とも宝の持ち腐れとなってしまいます」

　一二月のことだが、黒島がそう進言すると、総長の米内はすぐにピンときた。

「二兎《と》を追わずに一兎を追い、一つだけでも、ものにしてやろうというのだね?」

「おっしゃるとおりです」

　即座にうなずくや、黒島はさらに口をつないで説明した。

「……そうすることで五番艦の竣工は二ヵ月ほど後れ、七月ごろとなるでしょう。ですが四番艦は四月、早ければ三月中に竣工しますので、おそらく天下分け目の戦いとなる次の決戦に充分、間に合わせることができるでしょう」

　黒島の言うとおりだった。

　四番艦と五番艦をこれまでどおり、ただ漫然と建造し続けるのはむしろバカげており、能がないといえた。

「二隻（赤城、蒼龍）を失ったのは大きいが、それで一隻分を穴埋めできるとすれば、連合艦隊をすこしでも助けられる」

　黒島がこれにうなずくと、今度は伊藤のほうを向いて米内が確認した。

「妙案だと思うが、どうかね？」

総長がすでに乗り気となっている。むろん次長の伊藤に異存があろうはずもなかった。

「賛成です。五番艦の建造を一時中断して四番艦の建造を前倒しにしましょう」

これにうなずいてみせると、米内はふと、思い付いたように言及した。

「……『ソウリュウ』の穴を『ショウリュウ』で埋めようというのはよく出来た話で、じつにおもしろい！」

伊藤と黒島はこれにくすりとも笑わず、深々とうなずいた。

すると米内は、急に苦虫を嚙みつぶしたような顔付きとなって、二人に命じた。

「前倒しにする四番艦が実際にいつごろ竣工するのか、艦政本部に確認しておいてもらおう」

そして、黒島が艦政本部へ出向いて確認したところ、艦政本部長の杉山六蔵中将は「ぜひとも三月中、おそくとも四月はじめには『祥龍』を完成させる！」と確約したのである。

2

いっぽう真珠湾では、大破した「飛龍」の復旧が急がれており、こちらも三月中には修理を完了する見込みとなっていた。

ところが、帝国海軍の決戦準備がすべて思惑どおりに進んでいたか、といえば、じつはそうではなかった。

一九四四年に入ると、魚雷不備問題をすっかり解決した米軍潜水艦が次々と活動を開始し、本格的な群狼《ぐんろう》作戦を仕掛けて来たのだ。

その最初の餌食《えじき》となったのが、昭和一八年三月に改造工事を完了していた護衛空母「祥鷹《しょうよう》（史実では海鷹《かいよう》）」だった。

昨年三月に竣工して以降、「祥鷹」は第二護衛艦隊に所属し、もっぱらハワイ――内地間の機材輸送任務に従事していた。

一月末に横須賀から出港した「祥鷹」は、完成したばかりの疾風改三六機を真珠湾へ届けたまではよかったが、内地へもどろうとした途上の二月一六日、オアフ島とミッドウェイ島のほぼ中間洋上へ差し掛かったところで米潜水艦「フライングフィッシュ」から雷撃を受け、あえなく沈没してしまった。敵潜水艦の攻撃によって空母を失うのは「加賀」以来のことだったが、その後は大した被害を受けておらず、米潜水艦に対する警戒がいかにもおろそかになっていた。

まさにその虚を突かれたのだが、一月から二月までの二ヵ月間で、帝国海軍は「祥鷹」のほかにも、軽巡「球磨《くま》」「龍田《たつた》」および駆逐艦五隻、潜水艦二隻を失い、軽巡「北上」も大破する、という大損害をこうむっていた。

これらの被害はすべて米潜水艦の攻撃によるもので、連合艦隊および軍令部は、これまで以上に危機感を強めて、厳重な対潜警戒態勢を構築する必要に迫られた。

同時にタンカー二隻と貨客船四隻も沈められており、わずか二ヵ月でこれだけ被害が続出するとなると、米側による暗号解読をもはや疑わざるをえなかった。

被害報告の多さに呆《あき》れ、軍令部では米内総長が伊藤次長を呼び出して問いただした。

「急になぜ、これほど被害が増えたかね？」

「すべて敵潜水艦による被害です。年明けから米潜水艦が大々的に活動し始めたのは、米軍が近々大作戦を準備している予兆かと思われます」

伊藤がそう返すと、米内は首をかしげながらつぶやいた。

「敵の狙いはハワイに決まっとるが、こんな調子では、敵潜水艦が怖くて雲龍型空母や『大鳳』をおちおち真珠湾へ回航することもできんではないか……」

そのとおりだが、伊藤には特段、有効な対策が思い浮かばなかった。

「これまで以上に対潜警戒を厳重にし、主力空母を傷付けるようなことがないよう、万全を期したいと存じます」

「……それにしても被害が多すぎる。ひょっとして、針路を読まれておるのじゃないか？」

米内がそう突っ込むと、俄然《がぜん》、答えに窮して伊藤は黙ってしまった。

それをみて、米内がさらに突っ込む。

「念のために訊くが、海軍の暗号が敵に読まれている、ということはないかね？」

太平洋から米海軍の主力空母を一掃したということでこのところ何ヶ月にもわたって同じ暗号を海軍が用いていたのは事実だった。米潜水艦が魚雷不備問題を抱えており、これまではたまたま事態が表面化しなかったが、味方艦艇の被害がこうなぎのぼりに増えてくると、米内としては暗号洩れを疑わざるをえなかった。

これまでの軍令部とちがって、総長の米内自身が味方の暗号洩れを疑っているのだから、伊藤としても、それを頭ごなしに否定するわけにはいかなかった。

「そのようなことはないと思いますが、完全には否定できません……」

これは事実上、暗号洩れの可能性を、軍令部がはじめて認めた瞬間だった。

「なるほど。否定できないということは、その可能性があるということだね？」

すかさず米内がそう問いただすと、伊藤はちからなくうなずいた。

そして、なおも伊藤がうなだれていると、業《ごう》を煮やした米内が矢継ぎ早に命じた。

「当面のあいだ電波の使用を禁ずる！　一週間以内に乱数表と暗号書の使用規定を変更せよ！　第一、第二、第三護衛艦隊はすべて航路の変更をおこない、そのために目的地への到着が一日や二日後れてもかまわん！」

米内がさらに続ける。

「また、主力空母の真珠湾回航はミッドウェイを迂回するような針路に変更し、ハワイ、シンガポール、ラバウルへ軍令部参謀各一名ずつを派遣して、これら重要事項の変更を現地司令部に口頭で伝達せよ！」

これを聴いて伊藤は、電気で撃たれたような衝撃を受けた。

米内大将の毅然たる態度は〝ぐったり大将〟とはえらいちがいだった。

「り、了解しましたっ！」

伊藤は直立不動の構えで敬礼し、足早に退室するや、即座に全軍令部員の招集を命じた。

それが三月二日のこと。その日からとくに第四部（通信、暗号）の部員は連日、ほとんど徹夜で勤務し、一週間後の三月九日には新たな暗号書の使用規定、乱数表が策定された。

そして、第一部の部員三名がそれを携えてそれぞれハワイ、シンガポール、ラバウルへ二式飛行艇で飛び、三月一二日には連合艦隊司令部や布哇方面艦隊司令部などにも新たな暗号の使用規定が伝達された。

また、各護衛艦隊や輸送船団にはこれまで毎日正午時点での洋上位置を報告させていたが、三月一〇日に航路の変更をおこなってからはそうした報告を一切〝不要〟とした。

むやみに位置報告をもとめたことで米側に航路の特定をゆるしたのにちがいなく、こうした不要不急の電波使用を全軍に戒《いまし》め、軍令部みずからもムダな電波使用を封印したのだった。

いっぽう、現地司令部においても出港日時を変更したり、哨戒機の数を増やすなどの対策を講じて、三月の被害艦艇数はかなり減少した。

とくにハワイ方面ではオアフ島――ミッドウェイ島間の哨戒を強化して、「祥鷹」が沈められた海域へ駆逐艦のみで編成した囮《おとり》の艦隊を派遣。一〇日間に及ぶ掃討作戦を実施して、五隻の米潜水艦を沈めることに成功した。

そのなかには護衛空母「祥鷹」を撃沈した潜水艦「フライングフィッシュ」もふくまれており、日本側のうごきに疑念を抱いた米海軍は、暗号解読に頼っての群狼作戦をしばらくひかえるようになった。

それでも米潜水艦による攻撃で、帝国海軍は軽巡「夕張」および駆逐艦一隻、潜水艦一隻を三月中に失ったが、空母「天城」「葛城」は無事に真珠湾へ入港して、機動部隊の搭乗員は新鋭機・疾風改に慣れるための訓練をいよいよ本格的に開始したのである。

3

一九四四年は大統領選挙がおこなわれるということもあって年が明けると俄然、米軍のうごきが活発化し始めたが、三月一八日（日本時間）には今度は逆に、帝国海軍の潜水艦「伊一七四」から値千金の報告が入った。

『敵大艦隊と接触！　空母らしきものをふくむ米艦艇およそ五〇隻がチリ沖を北上中！　速力・約一五ノット』

この報告電に接し、帝国海軍の幹部はだれもが直感した。

——チリ沖を北上中の大艦隊は米軍機動部隊にちがいない！　敵空母群が南米大陸の南端を回って、ついにハワイをめざして来た！

一月下旬ごろから米軍の通信が目立って増えており、米軍機動部隊が動き出したとすれば、その目的はハワイの奪還にちがいなかった。

チリ沖と報告された現在地から推測して、敵大艦隊は早ければ、四月下旬ごろにはハワイ近海へ現れるだろう。だとすれば、残された時間はあと一ヵ月余りしかなく、連合艦隊も可及的速やかに決戦準備をととのえておく必要があった。

潜水艦「伊一七四」が発見したのはまぎれもなくスプルーアンス大将が率いる米軍・第五艦隊の主力だったが、それからわずか三日後の三月二一日には、メキシコ西方沖で哨戒任務に就いていた潜水艦「伊一七五」から願ってもない朗報が飛び込んで来た。

『われ敵空母と遭遇し、魚雷攻撃を敢行、これを轟沈《ごうちん》す！』

本当だとすれば望外な戦果にちがいないが、潜水艦「伊一七五」は、その直後にすっかり消息を絶ってしまった。

敵機などから反撃を受けて沈められたとしか考えられなかったが、これらふたつの報告に接して連合艦隊司令部は俄然、当惑した。

——米軍機動部隊の一部はすでにメキシコ沖まで到達しているのかっ!?

その可能性は当然あったが、「伊一七五」潜水艦から雷撃を受けて沈没したのは、じつは第五八機動部隊の高速空母ではなく、第五一任務部隊に所属する護衛空母「リスカムベイ」だった。同艦はマグダレナへ機材を輸送後、サンディエゴへ帰投中に魚雷を喰らったのだが、雷撃に成功した「伊一七五」が返り討ちに遭い、連合艦隊は敵空母の種別を特定できなかった。

沈めたのが機動部隊所属の一線級空母なら大戦果だが、本当に敵主力空母だとすれば、手放しではよろこべない。米軍機動部隊はすでに〝メキシコ沖へ達している！〟ということになる。

連合艦隊参謀長の矢野志加三少将が、その点を危惧し、山口大将に進言した。

「メキシコ沖に現れたのが敵機動部隊だとしますと、チリ沖で発見された大艦隊は機動部隊ではなく攻略部隊の可能性があります。……だとしますと、米軍機動部隊は早ければ、四月一〇日ごろにはハワイ近海へ現れ、『祥龍』どころか『大鳳』も決戦に後れる可能性がございます」

たしかにその可能性はあった。だが、山口は直感で、メキシコ沖に現れたのが攻略部隊で、やはりチリ沖に現れたほうが〝米軍機動部隊にちがいない！〟と信じていた。

論破するほどの確証がないため山口が反論せずにうなずいてみせると、矢野は危機感を募らせて進言した。

「……念のため、ここは『大鳳』だけでも到着を早めるよう、軍令部に対し催促すべきではないでしょうか!?」

しかしそうなると、内地へ向けて電波を発することになり、十中八九それを、米側に傍受されてしまうことになるだろう。

山口はめずらしく沈思黙考し、おもむろに目を開けつぶやいた。

「……いや、こちらからわざわざ、しっぽを出すようなこともないだろう……」

その口調がいつもにもまして重々しく感じられたので、矢野もそれ以上かさねて進言するようなことは避けた。

というのが、どちらかといえば矢野自身も、チリ沖で発見された大艦隊のほうが〝米軍機動部隊の可能性が高いだろう……〟と感じていたからであった。

——いずれにしても確証はない。が、長官がおっしゃるとおり、たしかにここは電波の使用を最も慎むべきかもしれないぞ……。

メキシコ沖に現れた敵艦隊が万一機動部隊だとすれば、味方の迎撃準備が間に合わない可能性があるため、矢野は念のため「大鳳」の進出を早めるように進言した。が、山口大将が今〝早める必要はない！〟と決断した以上、矢野もその決断に従う肚《はら》を決めた。

はたしてそれから一〇日が過ぎ、四月となってさらに一〇日ほど過ぎたが、結局、米軍機動部隊が現れるようなことはなかった。

習熟訓練を終えた装甲空母「大鳳」は、艦上に疾風改を満載し、無線封止を敷いてミッドウェイの北方海域を大きく迂回してから、四月一二日に真珠湾へ入港した。

「艦長の報告によりますと、『祥龍』も一九日には真珠湾へ到着するそうです！」

雲龍型空母の四番艦「祥龍」は約束どおり三月三一日に竣工しており、習熟訓練を一〇日間ほどに短縮して、四月一〇日には横須賀から出港していた。矢野はそのことを、「大鳳」艦長の菊池朝《とも》三《ぞう》大佐から伝え聞き、たった今、山口に報告したのである。

――チリ沖に発見された大艦隊のほうが、やはり米軍機動部隊だったのだ……。

山口はこれで、「祥龍」も決戦に間に合う、と確信し、矢野に大きくうなずいてみせた。

第五章　連合艦隊新編制

1

南米大陸の西海岸に沿って延々と北上し続けたスプルーアンス大将の第五艦隊は、三月二一日にペルーのカラオへ入港し、三月二八日には同地から出港した。

次にめざすはメキシコのマグダレナだ。カリブ海を発ってからほぼ二ヵ月が経過し、航行距離はもはや九〇〇〇海里を超えていた。

カラオから北西へ向けて最短距離で進めばマグダレナまでの距離は三〇〇〇海里ほどだが、艦隊は大陸へ沿うようにして北上してゆくため実際の航行距離は三六〇〇海里ほどとなる。

時速一五ノットで一〇日間の航程だが、実際には給油などでまる一日余計に時間を費やして、第五艦隊がマグダレナに入港したのは、四月八日のことだった。

第五八機動部隊はここでウィリス・A・リー中将麾下《きか》の戦艦六隻「ワシントン」「ノースカロライナ」「サウスダコタ」「インディアナ」「マサチューセッツ」「アラバマ」と合流し、高速空母群とともに遠路はるばる大西洋から回航して来た最新鋭の戦艦「アイオワ」「ニュージャージー」はようやく火力支援群の一員となって、リー中将の指揮下に編入された。

全長二七〇メートルを超えるアイオワ級戦艦の船体は、サウスダコタ級と比べて約一・三倍、ノースカロライナ級と比べても約一・二倍の大きさがあり、周囲を圧している。

リー自身もこれほど近くで二隻を観るのははじめてのことで、戦艦「アイオワ」「ニュージャージー」のそびえる艦橋をまじまじと見上げ、さしものリー中将も胸を張り、両戦艦の加入を頼もしく感じていた。

待望の砲撃戦が生起した場合には八戦艦は当然一丸となって突撃してゆくが、航空戦の場合はマーク・A・ミッチャー中将が指揮を執り、八戦艦も二隻ずつ四群に分かれて各空母群に火力支援をあたえる。とくに戦艦八隻の装備する高角砲には近接信管（VT信管）付きの砲弾がたっぷり充当されることになっていた。

かたや、リッチモンド・K・ターナー中将の率いる第五一任務部隊は、その麾下全艦艇がすでにサンディエゴへ入港していた。

その指揮下、ヴァン・H・ラグズディル少将の第二空母群は、周知のとおり、日本軍潜水艦「伊一七五」から雷撃を受けて護衛空母「リスカムベイ」をすでに喪失していたが、アメリカ海軍にとってこの程度の損失は、蚊に刺されたほどの傷でしかなかった。

五〇隻の建造が発注された、カサブランカ級護衛空母のうちの一隻を失ったにすぎず、大艦隊による移動を、改造空母一隻の喪失で乗り切ったとすれば、むしろ上出来にちがいなかった。

第五艦隊はめざすサンディエゴまで〝あともう一歩！〟というところにまで来ており、これまでに落伍した高速空母は一隻もなかった。

しかも、ラグズディル少将の率いる第二空母群には、失った「リスカムベイ」に代わって、同じくカサブランカ級の護衛空母「オマニーベイ」がすでに補充されていた。

昨年一一月の「ポートランド空襲」を間一髪のところで逃れた「オマニーベイ」は、当初の計画ではアメリカ本土西海岸沖で警戒任務に当たることになっていたが、「リスカムベイ」の穴を埋めるために急遽、第五一任務部隊・第二空母群へ編入されたのだった。

第二空母群は護衛空母六隻の編制を維持することができ、第五艦隊は当初の計画どおり一八〇〇機に及ぶ航空兵力を「ハワイ奪還作戦」に動員できる。

第五艦隊・主力は第五一任務部隊を追い掛けるようにして四月一五日にマグダレナから出港したが、サンディエゴには寄港せず〝そのままハワイ近海をめざす!〟という選択肢も考えられなくはなかった。しかし、スプルーアンス司令部にその考えはなく、キング大将やニミッツ大将もサンディエゴへの寄港を推奨して、第五艦隊司令部の方針に承認をあたえていた。

サンディエゴを背にして戦えば、第五艦隊は後方から補充や支援を受けられるし、第五八機動部隊もおよそ後顧《こうこ》の憂《うれ》いなくオアフ島攻撃に専念できる。

さらには、第五八機動部隊は大遠征中の飛行訓練などで消耗した機材をサンディエゴで補充する必要があったし、さしものアメリカ合衆国といえども、第五八機動部隊がハンプトンローズから出港した一月中旬の時点では、いまだ〝新兵器〟の製造が充分には追い付いていなかった。

マグダレナからサンディエゴまでの距離は近くわずか五六〇海里ほど。四月一七日に第五艦隊の主力もすべてサンディエゴへ入港して来ると、空母や戦艦のみならず巡洋艦以上の全艦艇が、最新兵器であるVT信管付きの高角砲弾を、弾倉庫へたっぷり積み込んだのである。

重油や機材の補充も四月二〇日には完了し、スプルーアンス大将はいよいよ出撃を決意。第五八機動部隊に対して「四月二四日に出撃する！」と通達した。

その眼はむろん西方二二〇〇海里の彼方に在るハワイ・オアフ島へ向けられていた。

2

決戦の時は近づきつつある。

大破していた空母「飛龍」の修理は三月二五日に完了し、「飛龍」は疾風改などの発着艦訓練をすでに実施している。同機も護衛空母などで続々と真珠湾へ到着しており、母艦戦闘機隊は二ヵ月ちかくに及ぶ猛訓練の末に、疾風改を手足のごとく扱えるようになっていた。

そして、装甲空母「大鳳」を機動部隊に加えて四月一九日に予定どおり空母「祥龍」が真珠湾へ到着すると、山口多聞大将は、四月二〇日付けで連合艦隊の編制を一新した。

◎連合艦隊　司令長官　山口多聞大将
（真珠湾）　同参謀長　矢野志加三少将
旗艦／戦艦「武蔵」
・第一〇戦隊　司令官　木村進少将
軽巡「長良」「名取」　駆逐艦四隻

【第一艦隊】司令長官　角田覚治中将
（真珠湾）同参謀長　有馬正文《まさふみ》少将
・第一航空戦隊　司令官　角田中将直率
　空母「大鳳」「翔鶴」「瑞鶴」
・第二戦隊　司令官　西村祥治《しょうじ》中将
　戦艦「山城」「伊勢」「日向」
・第四航空戦隊　司令官　加来止男《かくとめお》少将
　空母「天城」「葛城」　軽空「伊吹」
・第七戦隊　司令官　田中頼三《らいぞう》少将
　重巡「利根」「三隈《みくま》」「最上」
・第一水雷戦隊　司令官　伊崎俊二《いざきしゅんじ》少将
　軽巡「阿賀野」駆逐艦一六隻
【第二艦隊】司令長官　宇垣纏《うがきまとめ》中将
（真珠湾）同参謀長　松田千秋《ちあき》少将
・第一戦隊　司令官　宇垣中将直率
　戦艦「大和」「長門」「陸奥」

・第三航空戦隊　司令官　松永貞市《さだいち》中将
　空母「魁鷹」「飛鷹」「隼鷹」
・第五航空戦隊　司令官　岡田次作《じさく》少将
　軽空「龍鳳《りゅうほう》」「神鷹」「祥鳳」
・第四戦隊　司令官　橋本信太郎少将
　重巡「愛宕《あたご》」「高雄」「摩耶《まや》」
・第二水雷戦隊　司令官　早川幹夫《みきお》少将
　軽巡「能代《のしろ》」駆逐艦一六隻
【第三艦隊】司令長官　大西瀧治郎《たきじろう》中将
（真珠湾）同参謀長　澄川《すみかわ》道男少将
・第二航空戦隊　司令官　大西中将直率
　空母「雲龍」「飛龍」「祥龍」
・第三戦隊　司令官　鈴木義尾《よしお》中将
　戦艦「金剛」「榛名《はるな》」「霧島」
・第六航空戦隊　司令官　柳本柳作《やなぎもとりゅうさく》 少将
　軽空「瑞鳳」「千歳」「千代田」

・第八戦隊　司令官　白石万隆《かづたか》少将
　重巡「筑摩」「熊野」「鈴谷」
・第三水雷戦隊　司令官　木村昌福《まさとみ》少将
　軽巡「矢《や》矧《はぎ》」駆逐艦一六隻

◎統合艦隊　司令長官　古賀峯一《みねいち》大将
（内地）　同参謀長　草鹿《くさか》龍之介《りゅうのすけ》少将
○布哇方面艦隊　司令長官　小沢治三郎《じさぶろう》中将
（真珠湾）　同参謀長　有馬馨《かおる》少将
　旗艦／軽巡「大淀」
　付属／潜水母艦二隻　潜水艦二四隻
　　／駆逐艦六隻
【第一航空艦隊】司令長官　戸塚道太郎中将
（オアフ島）　同参謀長　大林末雄《すえお》少将
・第二〇航空戦隊　司令官　戸塚中将直率
（オアフ島防衛／ホイラー基地）
・第二二航空戦隊　司令官　市丸利之助《いちまるりのすけ》少将
（オアフ島防衛／ヒッカム基地）
・第二四航空戦隊　司令官　山田道行《みちゆき》少将
（オアフ島防衛／エヴァ基地）
・第二六航空戦隊　司令官　長谷川喜一《きいち》少将
（ミッドウェイ島防衛）

連合艦隊司令長官の山口多聞大将は、これまで第一艦隊の司令長官を兼務してきたが、このたびの編制替えでそれを解き、連合艦隊司令長官職に専念することにした。

連合艦隊の旗艦は変更せず、山口大将は引き続き戦艦「武蔵」に将旗を掲げている。

旗艦「武蔵」を護衛するために、連合艦隊の直属部隊として、木村進少将の第一〇戦隊が新たに設けられた。

そして第一艦隊司令長官には、機動部隊の統一指揮を執る角田覚治中将が就任して、角田中将は装甲空母「大鳳」を旗艦に定めた。

角田・第一艦隊は新鋭艦ぞろいだ。旗艦の「大鳳」もそうだが、西村祥治中将の第二戦隊には高速化工事を一月に完了した戦艦「伊勢」「日向」のすがたが在り、新設された加来止男少将の第四航空戦隊には新造空母「天城」「葛城」と重巡改造の軽空母「伊吹」も編入されていた。

とくに戦艦「伊勢」「日向」は時速二九・二ノットの最大速力を発揮できるようになっており、これで連合艦隊麾下の戦艦一〇隻はすべて、いざというときには時速二七ノット以上の速力を出せるようになっていた。

ちなみに、一二月に大破した戦艦「比叡」は内地で修理中のため編制から外れているが、艦隊編制を〝空母と高速戦艦の組み合わせにあらためるべし！〟という山本権兵衛《ごんべえ》大将の遺言が、ここへ来てすっかり実現されていた。

航空母艦である「大鳳」がはじめて第一艦隊の旗艦となり、そのことが、連合艦隊は〝航空主兵で戦うのだ！〟という用兵思想を、如実に表していた。

けれども、米海軍はいまだに戦艦（アイオワ級など）を新造し続けており、戦艦同士による砲撃戦が今後も〝絶対に発生しない！〟とまでは言いきれない。

そのため、第二艦隊司令長官には砲術の大家である宇垣纒中将を据え、万一砲撃戦が生起した場合には、宇垣中将の指揮下へ空母を除く全艦艇が入ることになっていた。

「……『武蔵』も、か？」

「ああ、そうだ。『武蔵』も、『大和』の後ろにぴたりと付いて、貴様の指揮を受ける！」

山口と宇垣は海軍兵学校の同期であり、山口があらためてそう断言すると、宇垣は目をまるくしながらもうなずいた。

第二艦隊長官の宇垣は「大和」に将旗を掲げており、いざとなれば、山口は、その指揮下へ入ることに何の頓着もなかった。

戦艦「大和」と戦艦「武蔵」の主砲射撃装置は無線で連動しており、個々に戦うよりも一緒に戦ったほうが命中率も高く、四六センチ砲の真価を発揮できる。しかも砲撃戦においては宇垣に一日《いちじつ》の長《ちょう》があるため、山口の考えはきわめて合理的な判断にもとづいている。

とはいえ、この期《ご》に及んで戦艦同士による撃ち合いなどは滅多に起きないと思われる。

第二艦隊の指揮下にも六隻の空母が存在し、空母「魁鷹」「飛鷹」「隼鷹」を率いる第三航空戦隊の司令官には引き続き松永貞市中将、軽空母「龍鳳」「神鷹」「祥鳳」を率いる第五航空戦隊の司令官には新たに岡田次作少将が就任していた。

周知のとおり「魁鷹」「飛鷹」「隼鷹」の三空母は、いずれも時速三〇ノット以上の速力を発揮できる。「神鷹」は本来は護衛空母だが、天下分け目の決戦がちかいということで今回は特別に連合艦隊の指揮下へ編入され、軽空母並みに第一線で使うことにした。

宇垣・第二艦隊の指揮下に在るこれら六空母も航空戦の場合は角田・第一艦隊長官の指揮を受けることになっている。

それは当然だが、さらに特筆すべきは第三艦隊の再建であった。

先の「サンフランシスコ沖海空戦」で、あろうことか艦隊司令長官の福留繁中将が戦死してしまい、第三艦隊は事実上、解隊されたような状態が続いていた。

けれどもここへ来て、沈没をまぬがれた唯一の空母「飛龍」の復旧が成り、雲龍型空母の四番艦である「祥龍」も建造が間に合い、第三艦隊の再建がいきおい可能となって、その再編制がことのほか急がれた。

まずもって、福留繁中将の代わりとなる司令長官を選任しなければならないが、そこで、山口大将みずからがたっての希望、ということで白羽の矢を立てたのが、前年一〇月に統合艦隊参謀長となっていた大西瀧治郎中将であった。

「おい、きみ。連合艦隊の山口大将からこういう書簡が届いているが、どうする？」

そう言って、統合艦隊司令長官の古賀峯一大将から大西が呼び出されたのは、四月はじめのことだった。

――古賀長官には相済まないことですが、福留繁の仇討《あだう》ちを果たすために大西瀧治郎を連合艦隊へもらい受けたい！　署名／山口多聞。

これを大西が一読するや、古賀はすかさず言葉を継いだ。

「おそらく第三艦隊長官にきみを欲しい、ということだろうが、私としてもきみ自身の希望を聴かぬことには、勝手に女房（参謀長）を売り飛ばすわけにもゆくまい」

これを聞いて大西はまず閉口したが、山口多聞も福留繁も大西とは海兵同期であり、山口の〝仇討ちを果たすために！〟という申し出は、大西の義俠心《ぎきょうしん》を大いにくすぐった。

――山口め……。同期のおれに〝福留の仇討ちを果たせ！〟と言うのだなっ!?

　大西としては、そうしたいのは山々だが、古賀長官が自分の後釜に〝だれを据えるのか？〟ということも一応、気になる。

「売り飛ばしていただいていっこうにかまいませんが、私の代わりが務まる参謀長など、なかなか居らんでしょう？」

「そりゃ居ない。これほど灰汁《あく》の強い女房は、ほかに貰い手がないと思い、おれがもらっておいたが、よりによって誉れ高き連合艦隊から〝雛壇《ひなだん》に据えたい！〟と声が掛かったのだから、これを無碍《むげ》に断るのも（古賀峯一の）男が廃《すた》るだろう。……なに、きみほど〝かかあ天下〟ではなかろうが、代わりの女房なら、居なくもない」

「……だれですか？」

「草鹿龍之介だ。草鹿くんも航空屋だから、しっかり者の女房役として、きみの代わりがなんとか務まるだろう」

　古賀が目をまるめてそう応じると、大西は口をすぼめながらもうなずいた。

　――よし！　いよいよ最前線での戦いだ！

　決意を新たにし、これで大西が第三艦隊司令長官に就任することが決まった。

　親補式も早々に済ませ、大西はみずからが第三艦隊参謀長に指名した澄川道男少将を伴い、一旦は装甲空母「大鳳」へ飛び乗ってハワイへ向おうとしたが、結局「大鳳」に乗るのはやめた。

「ハワイへは『祥龍』で行こう。……『大鳳』は第一艦隊の旗艦に予定されておるからそれに乗るのは遠慮がある。『祥龍』は第三艦隊の一員となるので遠慮が要らん！」

「しかし、『大鳳』で向かうほうが安全で確実じゃないでしょうか?」

なんといっても防御力は「祥龍」よりも断然「大鳳」のほうが上だ。そのため澄川は首をかしげたが、大西の意志は固かった。

「もし『祥龍』が真珠湾までたどり着けないようなら、おれの運も所詮それまでということだ。第三艦隊の一翼を担うかわいい『祥龍』を置いてきぼりにして、おれだけが先にのこのことハワイへ行けるかっ!」

それも〝そうか〟と思い、澄川も大西の考えにうなずかざるをえなかった。

四月一〇日。正午を期して空母「祥龍」は横須賀から出港した。駆逐艦四隻が終始護衛に付き従い、タンカーの随伴はない。「祥龍」のメイン・マストには大西の中将旗が堂々と翻《ひるがえ》っていた。

みなが着任を待つ司令長官を乗せての航海だから、艦長の田口太郎大佐は敵潜水艦に対する厳重な見張りを命じ、「祥龍」だけでなく駆逐艦四隻の乗員らも、大西中将の計らいを意気に感じて水も漏らさぬ見張りを続けた。

ハワイへ近づくにつれてミッドウェイ航空隊やオアフ島航空隊も航空支援をあたえ、結局、何事もなく、「祥龍」は、四月一九日・午後三時過ぎに真珠湾へ入港して来たのだった。

空母「祥龍」を迎え入れた山口大将は翌日には早速、連合艦隊の編制を一新し、大西中将は受け入れ態勢をととのえていた空母「雲龍」に将旗を移した。

第三艦隊は参謀長の一宮義之少将も重体となっており、新たに澄川少将が参謀長として着任したが、大西はほかの幕僚をすべて引き継いだ。

再建された第三艦隊は空母「雲龍」「飛龍」「祥龍」で第二航空戦隊を編制し、柳本柳作少将が率いる第六航空戦隊の軽空母「瑞鳳」「千歳」「千代田」もその指揮下に入った。

また、大西と海兵同期の鈴木義尾中将が司令官を務める第三戦隊の戦艦三隻「金剛」「榛名」「霧島」も第三艦隊の指揮下に入っている。

これで三個艦隊がそろったが、角田中将が万一指揮を執れない状態となった場合には、宇垣中将ではなく〝第二〟航空戦隊を直率する大西中将が航空戦の指揮を継承することになっていた。

第一、第二、第三艦隊はいずれも空母六隻、戦艦三隻ずつの編制となり、連合艦隊はそこへ「武蔵」を加えて戦艦が全部で一〇隻、空母も合わせて一八隻をかぞえる、堂々の陣容となっていたのである。


押しも押されもせぬ大兵力だが、もうひとつ付け加えると、それぞれ三つの艦隊の指揮下に在る第一、第二、第三水雷戦隊の旗艦はいずれも新型の阿賀野型軽巡「阿賀野」「能代」「矢矧」に世代交代しており、その指揮下に在る駆逐艦はすべて航続力に余裕のある陽炎型《かげろうがた》、夕雲型、秋月型、島風型駆逐艦となっていた。

戦艦「武蔵」以下、総勢九四隻にも及ぶ帝国海軍の戦闘艦が〝所狭し！〟と、真珠湾いっぱいにひしめき合っている。

オアフ島を占領してからすでに一年と八ヵ月が経とうとしているが、これだけの大艦隊兵力が真珠湾で集結するのは、むろんこれがはじめてのこと。居並ぶ空母の飛行甲板には数え切れぬほどの艦載機がうなっており、多くの将兵がその光景に武者ぶるいしていた。

連合艦隊の決戦準備は万事ととのった。

3

ハワイの防衛を担うのはむろん連合艦隊ばかりではない。オアフ島の航空基地も今や日本軍機で溢れかえっていた。

日本本土――オアフ島間には、太平洋に点在する島嶼《とうしょ》基地を連ねた航空経路が、この一年八ヵ月ですっかり整備されていた。

内地から飛び立った陸海軍機は硫黄島、サイパン島、トラック島、ブラウン（米呼称エニウェトク）島、ウェーク島、ミッドウェイ島を経由してオアフ島へ至り、一二〇〇海里を超える航続力があれば、空母などのチカラを借りずとも、自力でオアフ島まで進出できる。

パナマ運河の封鎖に成功して米空母を太平洋から一掃していたことが大きく、基地間を飛行中の機や各飛行場で給油中の陸海軍機なども、敵艦載機から不意に急襲を受けるような心配がなく、いたって安全にハワイ・オアフ島まで進出できるのであった。

それでも単発機の多くは空母で輸送されていたが、落下式燃料タンクを装備すれば、陸軍の四式戦闘機・疾風でさえも自力でオアフ島へ進出することができる。陸軍機にはもちろん〝洋上航法に不慣れ〟という難点はあるが、疾風でも一三五〇海里（増槽あり）の航続力があり、計算上は移動可能なのであった。

連合艦隊が真珠湾で集結を終えた四月二〇日の時点で、オアフ島の陸海軍航空兵力は八〇〇機をかぞえるまでに増強されていた。

第一航空艦隊　司令長官　戸塚道太郎中将
（オアフ島）　同参謀長　大林末雄少将
【第二〇航空戦隊】司令官　戸塚中将直率
〔陸軍／第七航空師団〕　中西良介少将
○ホイラー基地　配備機数・合計三二一機
戦闘機　配備機数・計二五五機
（零戦三六、烈風九九、疾風一二〇）
爆撃機　配備機数・計五四機
（飛龍五四）
偵察機　配備機数・計一二機
（百式司偵一二）
・フォード島基地　配備機数・合計三四機
（九七式飛行艇二二、一式陸攻一二）
・カネオへ基地　配備機数・合計三四機
（二式飛行艇二八、二式艦偵六）

【第二二航空戦隊】司令官　市丸利之助少将
○ヒッカム基地　配備機数・合計二二五機
戦闘機　配備機数・計四五機
（零戦二七、烈風一八）
爆撃／攻撃機　配備機数・計一八〇機
（一式陸攻一〇八、銀河七二）
・ベローズ基地　配備機数・合計一八機
（零戦一八）
【第二四航空戦隊】司令官　山田道行少将
○エヴァ基地　配備機数・合計一六八機
戦闘／偵察機　配備機数・計七八機
（零戦五四、烈風一八、二式艦偵六）
爆撃／攻撃機　配備機数・計九〇機
（彗星四五、天山四五）
※第二六航空戦隊（ミッドウェイ）は割愛。

第一航空艦隊司令長官の戸塚道太郎中将はオアフ島の陸海軍航空隊を統括しており、陸軍・第七航空師団長の中西良介少将も事実上、その指揮を受けることになる。

戸塚中将は陸軍航空隊と連携を図るため、ホイラー基地に司令部を置いており、海軍の第二〇航空戦隊を直率している。

第二〇航空戦隊の主力は一三五機の戦闘機（零戦三六機、烈風九九機）だが、フォード島およびカネオへ基地に在る飛行艇や索敵用の陸攻、艦偵なども戸塚中将の指示を受けて哨戒、索敵任務を実施することになっていた。

ホイラー基地には、中西陸軍少将の率いる四式戦・疾風一二〇機、四式重爆・飛龍五四機、百式司偵一二機も進出しており、ホイラー航空隊の主要な戦力となっている。

中西少将は大佐時代に航空の道へ転身し、日米開戦後は「ビルマ航空戦」などを指揮して実績を挙げていた。

陸軍大臣の阿南惟幾大将は、じつは中西少将の義兄にあたり、ハワイへ赴《おもむ》く中西に対してとくに助言をあたえていた。

「早期講和を実現するためにも、オアフ島は是が非でも死守する必要がある！　努めて海軍に協力せよ！」

ホイラー基地へ着任するや、中西は戸塚中将に進んで協力を申し出、両者相談の上で重爆・飛龍に洋上飛行術のみならず雷撃、反跳爆撃の訓練なども実施していた。同機が基地へ配備されたのは二月初旬のこと。訓練期間はすでに二ヵ月以上に及び、陸軍搭乗員もめきめき腕を上げていたので戸塚は大いに期待していた。

さらにホイラー基地には一二〇機の疾風も配備されており、陸海軍あわせて二五〇機を超えるホイラーの戦闘機部隊が、オアフ島を防衛する上で重要な鍵を握ると思われた。

陸軍機は全部で一九〇機足らずだが、実用化にこぎ付けて間もない最新の疾風や飛龍を優先的に配備したのだからハワイ防衛に対する陸軍の力の入れようは相当なものだった。とはいえ、オアフ島は四方を広大な海に囲まれており、洋上飛行に長けた海軍機を軸として防衛せざるをえない。そのため真珠湾にほど近いヒッカム基地には、市丸利之助少将の率いる第二二航空戦隊が司令部を構え、一式陸攻と新型陸上爆撃機・銀河が滑走路に溢れるほど配備されていた。

海軍の一式陸攻も、年明け早々から反跳爆撃の訓練を開始している。

急降下爆撃が可能な銀河はそのかぎりではないが、魚雷の配備数には限りがあるためサンフランシスコ沖の戦いで米陸軍機の爆撃法に触発された帝国海軍は、急降下爆撃が不可能な一式陸攻や天山といった攻撃機に、急ぎ反跳爆撃の訓練を課していた。

むろん米空母に鉄槌《てっつい》を下すための訓練だが、ヒッカム、ベローズ両基地には陸攻や陸爆を援護するための戦闘機として零戦、烈風も六〇機ほどが配備されていた。

さらにエヴァ基地には、艦上機を主力とする第二四航空戦隊も進出しており、その司令官である山田道行少将の指揮下には、戦闘機七二機、彗星四五機、天山四五機なども配備されている。

市丸、山田両少将は生粋の航空屋で、米軍機動部隊の来襲を想定した演習も実施していた。

ハワイ方面には海軍機もおおむね新型機が充当されており、九九式艦爆や九七式艦攻といった旧式機はもはや後方の戦線へ退いている。

母艦航空隊の練度は申し分ないが、基地航空隊の搭乗員もハワイ方面は優秀な者が多く、訓練もしっかりと行きとどいていた。

飛行艇などもふくめて海軍機が六一四機、陸軍機も一八六機が配備されており、オアフ島の帝国陸海軍航空兵力は、四月二〇日の時点でちょうど八〇〇機となっていたのである。

六月には一〇〇〇機を超える予定であった。

4

さて、機動部隊の航空兵力である。周知のとおり連合艦隊の空母は全一八隻となっていた。

【連合母艦航空隊】 指揮官 角田覚治中将

○第一航空戦隊（第一艦隊）角田中将直率

装空「大鳳」 搭載機数・計七五機

（疾改三〇、彗星二七、天山一八）

空母「翔鶴」 搭載機数・計八〇機

（疾改三三、彗星二七、天山一八、艦偵二）

空母「瑞鶴」 搭載機数・計八〇機

（疾改三三、彗星二七、天山一八、艦偵二）

・第四航空戦隊（第一艦隊）加来止男少将

空母「天城」 搭載機数・計六五機

（疾改二七、彗星一八、天山一八、艦偵二）

空母「葛城」 搭載機数・計六五機

（疾改二七、彗星一八、天山一八、艦偵二）

軽空「伊吹」 搭載機数・計三三機

（疾改二四、天山九）

○第二航空戦隊（第三艦隊）大西中将直率
空母「雲龍」　搭載機数・計六五機
（疾改二七、彗星一八、天山一八、艦偵二）
空母「飛龍」　搭載機数・計六五機
（疾改二七、彗星一八、天山一八、艦偵二）
空母「祥龍」　搭載機数・計六五機
（疾改二七、彗星一八、天山一八、艦偵二）
・第六航空戦隊（第三艦隊）柳本柳作少将
軽空「瑞鳳」　搭載機数・計三〇機
（疾改二四、天山六）
軽空「千歳」　搭載機数・計三〇機
（疾改二四、天山六）
軽空「千代田」　搭載機数・計三〇機
（疾改二四、天山六）
○第三航空戦隊（第二艦隊）松永貞市中将
空母「魁鷹」　搭載機数・計五九機
（疾改二七、彗星一八、天山一二、艦偵二）
空母「飛鷹」　搭載機数・計五八機
（疾改二七、彗星一八、天山一二、艦偵一）
空母「隼鷹」　搭載機数・計五八機
（疾改二七、彗星一八、天山一二、艦偵一）
・第五航空戦隊（第二艦隊）岡田次作少将
軽空「龍鳳」　搭載機数・計三一機
（疾改二四、天山六、艦偵一）
護空「神鷹」　搭載機数・計三一機
（疾改二四、天山六、艦偵一）
軽空「祥鳳」　搭載機数・計三〇機
（疾改二四、天山六）

※疾改は新型艦戦・疾風改を表わす。

空母は装甲空母一隻、大型空母二隻、中型空母八隻、軽空母六隻、護衛空母一隻の計一八隻。

それら空母一八隻の搭載する航空兵力は、疾風改四八〇機、彗星二二五機、天山二二五機、二式艦偵二〇機の計九五〇機に達していた。

全搭載機数・九五〇機の五〇パーセント以上を戦闘機である疾風改が占めている。

先の「サンフランシスコ沖海空戦」では多くの攻撃機を失い、制空権の獲得がいかに重要であるか、ということを思い知らされた。

多くの機を失った最大の原因はひとえに米軍新型戦闘機の登場にもとめられる。それら敵戦闘機を蹴散らして制空権を確保するには、どうしても戦闘機の数を増やす必要があった。

その切り札となるのが新型艦戦・疾風改にほかならないが、同機が幸いにして決戦前に全空母へ行き渡ったのは、連合艦隊には〝運がある！〟と前向きにとらえて良さそうだった。

その疾風改だが、着艦時の視界の悪さを除けば搭乗員の評価はおおむね良好だった。

艦上機型の疾風改は、翼面荷重の値が低下しており、陸上機型の疾風よりも旋回性能において優れている。つまり小回りが利くので、これなら空戦能力は烈風と同等、速度性能は烈風よりかなり優れているため、高度七〇〇〇メートル以下で戦えば、米軍の新型戦闘機にも〝決して負けないだろう〟というのが大方の評価だった。

同機のテスト・パイロットを務め、その性能を熟知している志賀淑雄大尉も真珠湾へ指導に来ており、疾風改の性能を活かすためのコツをみなに伝授していた。

「旋回時に舵が重くなるというクセはあるが、機体はいたって頑丈だから、操縦桿を臆せず力いっぱい振れ！　注意点はそれぐらいだ」

その指導を受けて母艦戦闘機隊はめきめき腕を上げており、みな、疾風改の性能に手応えを感じ始めていた。

――速度で新型のグラマン（F6F－3）に負けないのはありがたい……。これなら敵機にどんどん喰い付いてゆけるぞ！

それはよかったが、「誉」エンジンの扱い難さはやはり整備員泣かせだった。いざ決戦というときに出撃できないようでは、まさに宝の持ち腐れとなってしまう。

そこで、中島の技術者や陸海軍の技術審査員を内地から真珠湾の工廠へ呼び寄せ、稼働率向上のための対策を徹底的に講じた。

これまでの整備は故障が起こるたびにその都度部品の交換や修理などを実施する、というやり方が一般的だったが、これを改め、各部品ごとのチェック間隔を決めて部品の寿命を時間で管理することにした。たとえば、点火プラグの場合は八〇時間が経過したら良くても悪くても交換するようにし、原則として、戦闘部隊では不良部品の修理はやらず、すべて真珠湾の工廠へまわして新品と交換することにした。

そして、戦闘部隊の整備基準をすべて機体領収時の受け入れ検査基準に合わせるようにし、オイル交換は必ず二〇時間ごとに実施する、エンジンの運転時間が五〇時間を超えるまでは絶対に実戦に出さない、といった原則を徹底的にまもるようにした。

自動車ならさしずめ〝ならし運転〟はきっちりやるといったところだが、実際には、戦闘部隊では、こうしたわかりきったことですら実行されていない、というのがほとんどであった。

また、最もこわいのがエンジン焼き付きの原因となる油圧の低下だが、その最大の要因となるオイル漏れを防止するために、オイル系統の締め付けやシール（密閉装置）を完全にするなど、洩れを防ぐための処置も丹念におこなった。

さらに、皇国の荒廃を分ける決戦が近いということで、オイルやガソリン、プラグなども最高のものを惜しげなく準備した。

ハワイの陸海軍航空隊はこうした合理的な整備体制と徹底的な故障防止対策の結果、「誉」搭載機についてもほぼ一〇〇パーセントに近い稼働率を維持することに成功したのである。

海上護衛艦隊に属して内地からハワイへ疾風改などをピストン輸送し続けた護衛空母「雲鷹」「大鷹」「冲鷹」は所期の任務を果たして、今、ミッドウェイ沖を西へもどりつつある。

これら護衛空母がつぎに真珠湾へ入港して来るのは一ヵ月先のことになりそうだが、オアフ島基地航空隊の八〇〇機に機動部隊の艦載機九五〇機を加えると、ハワイ方面で展開中の帝国陸海軍航空兵力は、四月二〇日の時点で総計一七五〇機に達していた。

スプルーアンス大将や山口大将はむろん正確な数字を知る由《よし》もないが、アメリカ第五艦隊は周知のとおり「ハワイ奪還作戦」用として総計一八〇〇機に及ぶ航空兵力を準備していたので、決戦に動員しようとしていた日米の航空兵力は奇しくも拮抗していた。

国力に劣る日本は、よくこれだけの航空兵力をかき集めたといえるが、じつは真珠湾の航空工廠には〝ならし運転中〟の疾風、疾風改が合わせて六〇機ほど温存されていた。

部隊配備中の機が故障を起こした場合などに備えて、部品などをただちに供給できるようにしておいたのだが、それ以外にも工廠には、消耗の激しいプラグや潤滑油などがふんだんに用意されており、今回ばかりは帝国陸海軍も戦《いくさ》準備に余念がなかった。

決戦の時は刻一刻と近づいている。

四月二〇日の時点で、連合艦隊司令部や小沢中将の布哇方面艦隊司令部も〝米軍機動部隊はどうやらサンディエゴへ入港したようだ……〟ということに気づいていた。

米海軍は帝国海軍ほど向きになって無線封止を敷いていない。

昨年一〇月一五日付けで連合艦隊情報参謀となっていた中島親孝《ちかたか》中佐が、敵信の符号を読み解いて参謀長の矢野志加三少将に進言した。

「敵の大型空母すくなくとも四隻が二日前にサンディエゴへ入り、同港で碇泊中です。……米軍機動部隊は、数日後にはハワイをめざして出撃して来るでしょう」

中島は以前から、敵の通信系図のなかで空母と思われる呼び出し符号を追い掛け、敵機動部隊は十中八九〝サンディエゴへ入港します！〟と言い当てていた。

矢野は中島の進言にうなずくと、ただちに山口大将へ報告し、山口は二二日・正午に「Z作戦（ハワイ防衛作戦）決戦準備！」を発動、小沢中将の布哇方面艦隊に索敵の強化を依頼した。

周知のとおり、中島の進言は的を射ており、すでにスプルーアンス大将は、第五八機動部隊に対して、「四月二四日に出撃する！」と命じていたのである。

5

日米両軍機動部隊がオアフ島近海で激突するのは、もはや時間の問題となっていた。

四月二二日。第五八機動部隊はあと数時間で出撃準備を完了しようとしていたが、ミッチャー中将は昼過ぎに、スプルーアンス大将から呼び出しを受けた。

「問題はオアフ島の日本軍航空隊だ。少なくとも五〇〇機は配備されているとみるべきだろう。むろん主敵は日本軍機動部隊だが、敵基地航空隊との戦いも避けられない」

第五八機動部隊の艦載機は一〇〇〇機を超えていたが、基地との挟撃を避けられないという点が最大の問題だった。

ミッチャーがうなずくと、スプルーアンスが目をほそめつつ質問した。

「わが機動部隊も単独で戦えば、さすがに苦戦を強《し》いられるだろう。……そこで、水陸両用部隊の護衛空母群も前面に出して基地攻撃に使う必要がある。が、これと連携できるかね？」

これを訊くと、ミッチャーは俄然《がぜん》、苦い表情をしてみせた。

無理もない。サンガモン級、カサブランカ級の護衛空母は最大でも一九ノット程度しか発揮できず、機動部隊の高速空母より一五ノットちかくも低速なのだ。これと連携し、協同作戦を実施するのは、第五八機動部隊にとっては要らない荷物を背負わされるようなものだった。

「……護衛空母に足を引っ張られるようなことになりかねず、気が進みませんな……」

「しかし、基地との挟撃を回避するには、護衛空母のチカラを借りる必要があるだろう」

それはそのとおりで、ミッチャーもこれを否定することはできない。

ミッチャーとしては、護衛空母のチカラは借りたいが、高速空母で鈍足空母を護るようなことだけは避けたかった。護衛空母を護る必要があるぐらいなら、高速空母の機動力を活かして〝単独で戦うほうがマシだ！〟との考えだ。

ミッチャーはうなずきつつも返した。

「しかし護衛空母を前線に出しますと、上陸船団が後方でまるハダカとなり、対潜警戒上、問題があるのではないですか？」

スプルーアンスは即答した。

「いや、前線には全部を出さず、後方にも護衛空母を二隻ほど残しておく」

「なるほど、それならわかりますが……」

ミッチャーが口をすぼめてつぶやくと、スプルーアンスはミッチャーの思惑を察し、あらためて提案した。

「だから前線に出す護衛空母は〝一四隻〟ということになるが、それら護衛空母の指揮はわたしが直接『ニュージャージー』で執る。助けをもとめるようなことは〝決してない〟と約束することはできないが、第五八機動部隊の足を引っ張るようなことはできるだけ避けるようにする。……それでも不服かね？」

ニミッツ大将の勧めに応じて、第五艦隊の旗艦は戦艦「ニュージャージー」に変更されることが決まっていた。スプルーアンスに〝不服かね〟と問われると、ミッチャーとしても、これを無碍に否定するわけにはいかなかった。

「まあ、それなら結構ですが、できるだけ足を引っ張らないというのは本当でしょうな……」

するとスプルーアンスは言い切った。

「ああ、主敵はあくまで日本軍機動部隊だ！ そのことは、私が最もよく承知している。機動部隊同士の戦いに水を差してまで〝助けろ！〟というようなことは絶対にない！」

スプルーアンスがそう断言してみせると、ミッチャーもさすがにうなずいた。

「わかりました。長官がそうおっしゃるなら、わたしもできるだけ護衛空母群との連携を図るようにしましょう」

当然の応えだが、スプルーアンスはこの方針を徹底させるために、ミッチャーにもうひとつだけ念を押した。

「……ついては、日本軍機動部隊の所在をはっきりつかむまでは、オアフ島へ向けて決して単独で突っ込まないようにしてもらいたい」

当然の指摘に思われたのでミッチャーがうなずくと、スプルーアンスがすかさず言及した。

「わが艦載機の攻撃半径は短くそのことがじつに歯がゆいが、日本軍機動部隊は必ず、オアフ島航空隊の攻撃圏内へ、第五八機動部隊を誘い込もうとするだろう。きみは決してそれに乗せられてはならない！」

ミッチャーはハルゼー大将に似て、攻撃精神は旺盛だが、独断専行しがちなところがある。

ミッチャーは再度うなずいてみせたが、スプルーアンスはさらに言いふくめた。

「とにかく、最初の突撃命令は私が出す！ それまでは決して突進せぬよう、くれぐれも自重してくれたまえ」

「わかりました。オアフ島へは単独で突っ込まぬよう、心しておきます」

ミッチャーがはっきりと口に出して、約束してみせると、スプルーアンスもようやくうなずいて握手をもとめた。

「よろしく頼む！」

ミッチャーはもちろんその手を握り返したのである。

ＶＴ信管付き砲弾の積み込み作業も、この日のうちにすべて完了し、第五八機動部隊の全艦艇が四月二四日・午前七時を期してサンディエゴから続々と出撃し始めた。

めざすはオアフ島の東北東およそ六〇〇海里の洋上だ。

今からおよそ六日後の四月三〇日・午前七時には、第五八機動部隊は給油を済ませてめざすその洋上へ到達するだろう。それはハワイ現地時間で三〇日・午前四時三〇分のことだった。

午前九時ちょうど。ミッチャー中将が将旗を掲げる、第五八機動部隊の旗艦・空母「レキシントンⅡ」が満を持してサンディエゴの海軍基地から出港し、スプルーアンス大将の将旗を掲げる第五艦隊の旗艦・戦艦「ニュージャージー」も、その後方へぴたりと続いた。

残るエセックス級空母七隻やインディペンデンス級軽空母八隻、高速戦艦七隻などは、すでに湾外へ先行出撃しており、早くも輪形陣をととのえつつある。

そしてたった今、始動を開始した「ニュージャージー」の後方には、ラルフ・Ｅ・デヴィソン少将のサンガモン級空母四隻、ヴァン・Ｈ・ラグズディル少将のカサブランカ級空母六隻、それにトーマス・L・スプレイグ少将のカサブランカ級空母四隻も続こうとしている。

また、これら護衛空母を護るために計一四隻の駆逐艦も同時に始動を開始した。

はたして、総勢一八〇隻ちかくにも及ぶ艦艇がすべて出撃を終えるのに三時間余りを要し、全艦艇がサンディエゴ湾外へ打って出たのは午前一〇時一〇分のことだった。

「全艦艇、無事に出撃を完了しました！」

第五艦隊参謀長のヘンリー・M・ムリニクス少将がそう報告すると、スプルーアンスは腕時計を見ながら口を一文字に結び、大きく〝よし！〟とうなずいてみせた。

上陸作戦を担う、第五一任務部隊の旧式戦艦や護衛空母二隻などはちょうど二日後れでサンディエゴから出撃することになっている。


ときに四月二四日・ハワイ時間で午前七時四〇分。決戦の時は一週間後に迫ろうとしていた。

第六章　東ハワイ沖海戦

1

一九四四年（昭和一九年）四月三〇日・ハワイ現地時間で午前四時三〇分――。

スプルーアンス大将のアメリカ軍・第五艦隊はオアフ島の東北東およそ六〇〇海里の洋上へ達していた。中核を成すのはミッチャー中将の率いる第五八機動部隊だが、後方には護衛空母一四隻のすがたも在る。

空母は全部で三〇隻をかぞえ、艦載機の総数は優に一四〇〇機を超えている。

いや、主隊の後方およそ八〇海里にはボーグ級護衛空母四隻も続いており、それら空母四隻が搭載する二二四機の予備機もふくめると、艦載機の総数は一七〇四機に達していた。

さらに主隊には、四隻の水上機母艦が随伴しており、時計の針が午前四時三〇分を指すと、スプルーアンス大将は一六機のＰＢＹ飛行艇に発進を命じた。

第五艦隊はいまだ日本軍機などに一切発見されていない。じつは前日（二九日）の午後二時三〇分過ぎにオアフ島の東北東およそ八五〇海里の洋上へ達したところで、日本軍の二式飛行艇が五〇海里ほど手前の上空まで迫っていたが、第五艦隊は運良く発見をまぬがれていた。

日本側も二段索敵を実施して相当な警戒態勢を敷いていたが、二式飛行艇の進出距離を八〇〇海里としていたので、第五艦隊はまんまと日本軍の索敵網をすり抜けていたのだった。

味方ＰＢＹ飛行艇の合理的な進出距離は六五〇海里程度でしかなかったが、第五艦隊が行動の秘匿に成功していたため、スプルーアンス大将は索敵で〝先手を取れるかもしれない……〟と大いに期待していた。

――先に日本軍機動部隊を発見することができれば、それこそ御の字だ！

本日の日の出時刻は午前五時三三分。よって午前五時ごろには薄明を迎える。スプルーアンス大将は空が白み始める三〇分ほど前に急ぎ一六機のＰＢＹに発進を命じたが、索敵に関してはやはり日本側が断然有利だった。

基地を利用できる日本軍飛行艇は設備面で圧倒的に有利で、この日も第一段索敵の任務をおびた二式飛行艇一二機がオアフ島のカネオへ基地から午前四時を期して飛び立っていた。

しかも、飛行艇自体の性能でも日本海軍がアメリカ海軍を圧倒している。カタリナ飛行艇の巡航速度が時速一〇八ノットであるのに対して、二式飛行艇は時速一六〇ノットの巡航速度を発揮することができた。

はたして、スプルーアンス大将は〝昨日までが稀《まれ》にみる幸運にめぐまれていたのだ……〟ということを思い知らされることになる。

第五艦隊は午前七時三〇分を迎えた時点で、オアフ島の東北東・約五五五海里の洋上まで前進していたが、その五分ほど前に早くも敵機の接触をゆるした。

米艦隊の発見に首尾よく成功したのは、むろんカネオへ基地から飛び立っていた、二式飛行艇のうちの一機だった。

同飛行艇はまず午前七時二四分に〝敵大艦隊がオアフ島へ近づきつつある！〟と報告し、続いてその四分後の午前七時二八分に決定的な報告電を発した。

『敵空母は大小一五隻以上！　敵艦隊は四から五群に分かれ、各艦艇群に空母三、四隻ずつをふくむ！　敵艦艇群はいずれもオアフ島の東北東・約五五五海里の洋上を西南西へ向けて、速力およそ一五ノットで航行中！』

同飛行艇は六機以上の米軍戦闘機から追撃を受け、敵弾・数十発を喰らいながらもかろうじて撃墜をまぬがれ、まもなく米艦隊上空からの離脱に成功した。

殊勲の飛行艇が発した報告電は、連合艦隊の旗艦・戦艦「武蔵」はもとより、布哇方面艦隊の旗艦・軽巡「大淀」でも受信され、両司令部は俄然《がぜん》色めき立った。

――すわっ、ついに来たぞ！　オアフ島へ近づきつつあるのは米軍機動部隊にちがいない！

空母が大小一五隻以上もふくまれているというのだからもはや疑いないが、現在の位置から推測して、米軍機動部隊は明日（五月一日）の早朝を期して艦載機を放ち、オアフ島を空襲して来るのにちがいなかった。

情報参謀・中島中佐の進言により、米艦隊の来寇を予期していた連合艦隊は、その麾下《きか》全艦艇がすでに重油を満載し、今や遅しと出撃の時を待ちわびていた。

「全艦艇、ただちに真珠湾から出撃せよ！」

号令一下、山口多聞大将がそう命じるや、連合艦隊の全艦艇が、先を争うようにしてエンジンを始動。フォード島の北西で待機、碇泊していた駆逐艦群から順を追って、空母や戦艦なども次々と湾外へ出撃し始めた。

狭い水道から抜け出た瞬間に最も恐ろしいのは敵潜水艦だ。

小沢中将は時を移さず第一航空艦隊に対潜哨戒機の発進を命じ、おもにエヴァ飛行場から爆雷を装備した彗星や天山などが飛び立ち、湾口上空を低高度で飛び回り警戒に当たる。

さらに、フォード島基地からは一式陸攻六機が発進して、西南西方面の哨戒を厳にした。

連合艦隊の迎撃方針はあらかじめ決められており、まずは第一、第二、第三艦隊の全艦艇がオアフ島の西南西海域へ打って出る。

その後、米軍機動部隊の動向を見極めつつ、迎撃に有利だろうと思われるオアフ島の西北西近海へ軍を進め、米軍機動部隊に世紀の決戦を挑もうというのであった。

米軍艦載機の攻撃半径は二〇〇海里程度しかない。五月一日の早暁を迎えた時点で、米空母群との距離を二五〇海里から三〇〇海里に保つことができれば理想的だが、それは、決して難しいことではないはずだった。

オアフ島のカネオへ基地やフォード島基地からは、二段索敵は言うにおよばず、ひっきりなしに索敵機を飛ばして、米軍機動部隊の位置を刻々と知ることができる。

適度な距離を保つためには一旦西南西へ軍を退き、四月三〇日の日没を待って一気に反転、敵との距離を徐々に詰めてゆくとの方針だった。

午前八時ちょうど。山口大将が出撃を命じてから三〇分もすると、ほぼすべての駆逐艦が湾外へ打って出、上空警戒中の彗星、天山などとともに真珠湾の入り口やママラ湾一帯に、くまなく目を光らせた。

そして、午前八時一〇分過ぎにはいよいよ装甲空母「大鳳」以下の主力空母や戦艦なども次々と水道から出撃し始め、連合艦隊・旗艦「武蔵」も主力艦群のしんがりで午前八時四八分には水道を通過して外洋へ打って出た。

さらに後詰めとして「武蔵」の後方へ、木村進少将の率いる軽巡「長良」「名取」や駆逐艦四隻が続き、たっぷり一時間三〇分ほど掛けて午前八時五六分には、連合艦隊のすべての艦艇が真珠湾から出撃したのである。

当然だが、落伍艦は一隻もなかった。


「全艦無事出撃！　速度を上げ、西南西へ針路を執ります！」

参謀長の矢野少将がそう告げると、山口はそれにこくりとうなずき、艦長の朝倉豊次《ぶんじ》大佐がすかさず「速力二六ノット！」と命じた。

ちなみに、いま「武蔵」艦長を務めている朝倉大佐はまさに明日、五月一日付けで少将に昇進することが決まっていた。

第一、第二、第三艦隊はすでに出港を完了しており、前方洋上で輪形陣を組みつつある。第一〇戦隊の「長良」などに護られた「武蔵」がそこへ追い付いて、午前九時には進軍の態勢がすっかりととのった。

そして、朝倉艦長が眼でうなずくや、矢野少将が山口大将の代わりに命じた。

「全軍、針路そのまま、速力二四ノット！」

直後に「武蔵」のマストへ信号旗がするすると昇り、まもなく連合艦隊麾下の全艦艇が西南西へ二四ノットで疾走し始めた。周知のとおり、一旦オアフ島から遠退いて、米軍機動部隊との距離を稼いでおこう、というのであった。

連合艦隊は米側に一切悟られることなく無事に真珠湾から出撃した。

いっぽうそのころ、スプルーアンス大将は眉をひそめ、焦燥感を募らせていた。

未明に発進させたカタリナ飛行艇から敵艦隊発見の報告は一切なく、時刻はすでに午前一〇時を過ぎようとしていた。

しかも、ちょうどオアフ島上空へ索敵に向かったPBY一機が、基地から飛び立ったゼロ戦・数機によって波状攻撃を受け、あえなく撃墜されてしまった。

それもそのはず。そのPBYが西南西の針路を維持して飛び続けた場合、ちょうど一時間前に真珠湾から出撃した連合艦隊の上空へ達する恐れがあった。そのため、エヴァ飛行場で指揮を執る山田道行少将が、とっさの判断で零戦九機を上空へ舞い上げ、なにがなんでも〝落とせ!〟と命じてそのPBYをバーバース岬上空でついに撃墜していたのだった。

そしてさらに、撃墜された飛行艇と隣接する索敵線を飛行していたPBYもう一機が、折り返し地点から南下してオアフ島方面へ索敵に向かったが、そのときにはもう、連合艦隊は四〇海里以上の遠方へ遠退いていたので、同機もまた、日本の艦隊を発見できずに引き返していた。

午前一一時には全PBYが索敵線の先端へ達したが、最初の索敵はすべて空振りに終わった。

けれども、収穫がまったくなかったわけではない。第五艦隊の周囲、六五〇海里の洋上には〝敵艦隊が存在しない！〟ということが、この索敵によってはっきりとした。

午前一一時の時点で、第五艦隊はオアフ島の東北東およそ五〇五海里の洋上へ達していたが、それまでは、日本軍機動部隊に待ち伏せされている可能性があり、むやみに速度を上げるわけにはいかなかった。アメリカ軍主力艦の巡航速度はおおむね一五ノットのため、午前一一時までは一五ノットの進軍速度を維持していたが、これで日本の艦載機から不意撃ちを喰らう恐れがなくなったので、スプルーアンス大将は第五艦隊の進軍速度を俄然一八ノットに引き上げた。

本当はもっと速度を上げたいところだが、護衛空母に足並みをそろえる必要があったのだ。

午後六時二八分には日没を迎えるため、航空攻撃が可能な残り時間は八時間を切っている。しかも、日本軍機動部隊は六〇〇海里圏内には存在しなかった。

――これで今日中に日本軍機動部隊から空襲を受ける可能性はまずなくなった……。

オアフ島までの距離は五〇〇海里を切ろうとしており、むろんオアフ島の敵飛行場から日本軍機が来襲する可能性は充分にあった。けれども、敵機動部隊との挟撃は避けられ、第五艦隊は着実にオアフ島へ接近しつつある。

そしてスプルーアンスは、オアフ島から敵機が来襲するなら〝どうぞ来てください！〟と思っていた。なぜなら、味方空母三〇隻の搭載する戦闘機は護衛空母搭載のワイルドキャットもふくめると、全部で七六〇機にもなる。

今日中にもしオアフ島から日本軍機が来襲すれば、その多くを返り討ちにする自信があり、日本の空母を相手にせず〝オアフ島の敵基地航空隊のみを壊滅できる〟最大のチャンスにちがいなかったからである。

――味方戦闘機による圧倒的な迎撃で、オアフ島の敵航空隊を今日中に壊滅できれば、明日こそは日本軍機動部隊との戦いに専念できる！

スプルーアンスはしたたかにそう計算しながら軍を進めていたのである。

2

ミッチャーは約束を守って突進を自重していたが、結局、日没を迎えてもオアフ島の日本軍機は来襲しなかった。

それもそのはず。小沢中将やオアフ島航空隊の指揮を執る戸塚中将は航空戦を充分に理解していたし、連合艦隊航空甲参謀の樋端久利雄《といばなくりお》中佐から次のようにもとめられていた。

「多数の戦闘機を持つ米軍機動部隊に対してオアフ島航空隊だけで攻撃を仕掛けても大した戦果は望めません！　敵空母一隻か、二隻を撃破するのがやっとでしょう。基地単独での攻撃は避け、ぜひとも、わが機動部隊の攻撃と呼応して攻撃隊を出していただきたいのです」

すると小沢は、あえて質問した。

「だが、サンフランシスコの米軍は基地航空隊の攻撃のみで『赤城』『蒼龍』を沈め、『飛龍』と『比叡』にも大損害をあたえてかなりの戦果を挙げたではないか？」

そのとおりだが、樋端は即座に応じた。

「それは、わが機動部隊がまず、半数以上の戦闘機をはたいて、サンフランシスコを空襲したからです。艦隊防空用に残した戦闘機は一三〇機ほどにすぎず、いわばカウンター・パンチをもらったような格好となりました。……けれども、米軍艦載機の足は短く、敵機動部隊はオアフ島に対して先制攻撃を仕掛けることができません。すべての敵戦闘機が米空母艦上に残っておりますから、敵機動部隊の保有する戦闘機はおそらく五〇〇機を下らないでしょう。しかも、わがオアフ島航空隊は、四〇〇海里から五〇〇海里の距離を進出しての攻撃となります。陸攻、陸爆や重爆などの双発機しか出せず、戦闘機の護衛も満足に付けてやることができません。……大した戦果は期待できないでしょう」

これを聴き、小沢も即座に納得した。

そして、四月三〇日の午後には、樋端の進言が的を射ていたと証明された。

カネオへ基地から第二段索敵に飛び立っていた二式飛行艇が午後二時三〇分ごろに再び米艦隊との接触に成功し、今度は空母が〝二〇隻以上〟と報告して来た。

敵空母の多さもさることながら、敵艦隊との距離がいまだ四四〇海里ほど離れており、本日中に攻撃を仕掛けるには遅くとも午後三時には、攻撃隊に発進を命じておく必要があった。

陸攻や陸爆の発進には時間が掛かり、基地から発進させるのに一時間程度は必要になる。だとすれば、攻撃隊が発進を完了するのは午後四時ちかくとなってしまう。また、洋上を捜索しながらの進撃となるため、敵艦のレーダー探知を避けるのも十中八九、不可能だ。

レーダーで陸攻や陸爆の接近をとらえた米艦隊は、オアフ島へ向けての進軍を一旦中止し、全戦闘機を上空へ舞い上げて迎撃戦に徹して来るだろう。そして、米艦隊が防空戦のあいだ東へ向けて退避してゆくとすれば、陸攻や陸爆の進出距離はやはり四〇〇海里を超えることになる。

ましてや、米空母の数は〝二〇隻以上〟と報告されたので敵戦闘機の数は優に五〇〇機を超えるだろう。攻撃隊に倍するほどの米軍戦闘機が待ち受けるなかへ、やみくもに突入して行ったとしても味方攻撃隊が全滅の憂き目《うめ》に遭うのが関の山にちがいなかった。

戸塚中将は当然ながら攻撃隊の発進を自重して市丸少将もその決定に従った。むろん小沢中将もその決定を是とし、明日の味方機動部隊との連携攻撃にすべてを賭けることにした。


日本軍攻撃隊はいつまで経っても来襲する気配がなく、スプルーアンス大将は依然一八ノットで軍を進めながらも、舌打ちした。

――敵はどうやら温存策を採ったな……。こうなれば是非もないが、そのために護衛空母も引き連れて来たのだ！　明日の全面対決で雌雄を決するしかない！

スプルーアンスとしてはそう覚悟を決めざるをえなかった。

かれは正午を期して四隻の水上機母艦から再び四機ずつ、計一六機のカタリナ飛行艇を発進させていた。抜かりなく第二段索敵を実施したわけだが、それら一六機に再度六五〇海里の進出を命じたのにもかかわらず、索敵はまたしても空振りに終わっていた。

――日本軍機動部隊は行方知れずのままだ……。

それもそのはず。第二段索敵に出たＰＢＹのうちの一機は、巧みに雲を利用して六八〇海里近くもの距離を進出、午後六時二〇分過ぎにオアフ島の西南西およそ一八五海里の洋上へ達したが、その時点で連合艦隊はすでにオアフ島の西南西・約二二五海里の洋上まで退いていた。

同機もまた、接触に失敗したのである。

午後六時二八分には日没を迎え、午後七時にはどっぷりと日が暮れた。

連合艦隊は二四ノットでちょうど一〇時間ほど航行し続け、午後七時の時点でオアフ島の西南西およそ二四〇海里の洋上に達していた。

周囲が暗闇に包まれると、山口大将はすかさず全軍に反転を命じ、連合艦隊の全艦艇が二〇ノットで、オアフ島・ホノルルの西北西・八〇海里の洋上をめざした。

それはカウアイ海峡・オアフ島とカウアイ島のほぼ中間点にあたり、ややカウアイ島の方に近い洋上であった。

いっぽう、スプルーアンス大将の第五艦隊は同じく午後七時の時点で、オアフ島の東北東およそ三六五海里の洋上まで軍を進めていた。

第二段索敵の飛行艇を発進させたため、艦隊は途中すこしばかり進軍速度を低下させたが、高速空母一六隻はもとより、サンガモン級、カサブランカ級の護衛空母・計一四隻もしっかりと主隊に付き従っている。

空母・全三〇隻の搭載機数は周知のとおり一四八〇機に及び、必要とあらば、一六隻の高速空母は、後方のボーグ級護衛空母から艦載機の補充を受けられるのだった。

――これ以上の航空兵力は望むべくもない！

スプルーアンス大将は戦いを決意、速力一八ノットでなおも西進するように命じ、アメリカ第五艦隊は、オアフ島の東北東・二〇〇海里の洋上をめざしたのである。むろん艦載機で、オアフ島の日本軍飛行場を空襲するためだった。

五月一日。オアフ島近海でついに日米両軍機動部隊が激突することになる。

3

スプルーアンス大将の第五艦隊はこれまで数々の奇跡にちかい幸運にめぐまれていた。

一〇〇隻以上もの艦艇をひき連れて大西洋から太平洋へ大回航したにもかかわらず、三ヵ月にも及ぶ大遠征中に落伍した高速空母や戦艦は一隻もなかった。

空母が一隻ぐらい落伍しても文句は言えず、全艦艇が無事に回航できたのはむしろ奇跡的なことだった。太平洋への大回航もそうだが、四月二九日にオアフ島航空隊の索敵から逃れていたことも天祐にちがいなかった。

カネオへ基地発進の二式飛行艇がもし、カタリナ飛行艇と同じように往路・六時間に及ぶ距離を進出していたとすれば、九六〇海里（一六〇ノット×六時間）圏内の索敵が可能で、その場合、第五艦隊は二九日・午後の段階で早くも発見されてしまっていただろう。

二九日にもし、米艦隊を発見しておれば、連合艦隊はその日の日没までに真珠湾から出撃することができ、もっと余裕をもってカウアイ海峡の待機位置（ホノルルの西北西・八〇海里の洋上）へ向かうことができたはずだった。

しかし索敵に飛び立った二式飛行艇は、実際には八〇〇海里（一六〇ノット×五時間）の距離しか進出しておらず、スプルーアンス大将は予定を変更することなく、三〇日・午前四時三〇分にはオアフ島の東北東・六〇〇海里の洋上まで、軍を進めることができた。

この意味合いは大きく、二九日の段階で第五艦隊が発見されていたとすれば、護衛空母をひき連れた鈍足での進軍は、オアフ島近海で潜伏中の日本軍潜水艦を、いたずらに引き寄せていた可能性がある。高速艦のみの進軍なら適宜、疑似針路を執ることもできようが、一九ノットしか出せない護衛空母を伴っての進軍はただひたすらに直進し続けてオアフ島をめざすしかない。鈍足で直進を続ければ、日本軍潜水艦に針路を読まれて、待ち伏せをゆるす恐れがあった。

そうした危うい進軍が四月三〇日の一日だけで済んだのはいかにも幸運だった。

日本軍飛行艇によって二九日中に発見されてしまったとすれば、オアフ島への距離は八五〇海里以上も残っており、とくにミッチャー中将は三六時間以上の長きにわたってイライラし続けていたのにちがいなかった。

五月一日・ハワイ時間で午前四時三〇分——。

ミッチャー中将の第五八機動部隊を主力とする第五艦隊は、オアフ島の東北東・約一九五海里の洋上へ到達した。

時を同じくして、連合艦隊も予定どおりホノルルの西北西八〇海里の洋上へ達しており、日米両軍機動部隊は午前四時三〇分を期してほぼ同時に索敵を開始した。

日の出時刻は午前五時三二分。よって午前五時ごろには空が白み始めて薄明を迎える。ハワイ諸島周辺ではこの時期、北東から比較的強めの貿易風が吹いていた。

天気は良好で、雲量は二。波は高めで、駆逐艦など小艦艇の舳先《へさき》には、時折りしぶきが噴き上がっていた。

空はまだ暗いが見通しは良く、索敵機はなにも見落とすことがなさそうだ。

機動部隊とは別に、この日もアメリカ軍水上機母艦は一六機のＰＢＹ飛行艇を索敵に出し、オアフ島のカネオへ基地からは二式飛行艇一二機と二式艦偵六機が、いずれも午前四時三〇分ごろから発進を開始した。

とくにミッチャー司令部は、日本軍機動部隊の行方を突き止めようと躍起になっている。

日本軍機動部隊の動向をこれまでまったくつかめていなかったミッチャー中将は、飛行艇のみの索敵に頼らず、こちらも午前四時三〇分を期して八隻のエセックス級空母から、それぞれ写真偵察機型のＦ６Ｆヘルキャット二機ずつ、計一六機を西方一帯の索敵に送り出した。

いっぽう、連合艦隊も負けていない。

ほぼ同時刻に角田中将は、雲龍型空母や軽空母などから計一四機の二式艦偵を東方一帯の索敵に発進させた。

両軍ともに敵機動部隊の所在をいちはやく突き止めてやろうというのだが、索敵に関しては日本側が圧倒的に有利だった。

アメリカ軍飛行艇や艦載機は軒並み巡航速度が遅く、戦闘機のヘルキャットでさえも時速一四六ノットの巡航速度しか発揮できない。

これに対して、連合艦隊の各空母やカネオへ基地から発進した二式艦上偵察機は、承知のとおり時速二三〇ノットの巡航速度で飛び続けることができるのだった。

八〇ノット強の速度差はいかにも大きい。

はたして、先手を取って敵空母群を発見したのは日本側だった。

カネオへ基地から発進していた二式艦偵のうちの一機が、午前五時二二分に早くも米艦隊上空へ到達し、全軍に通報電を発した。

『敵大艦隊見ゆ！　空母数十隻！　一部の敵空母は攻撃機を発進させせつつある……』

電信は突然途切れ、その二式艦偵とはまもなく音信不通になった。だれもが〝敵戦闘機に撃ち落とされたにちがいない！〟と直感したが、もはや一刻の猶予もならなかった。

あきらかに機動部隊と思われる敵の大艦隊がすでにオアフ島の東北東・約一九〇海里の洋上まで迫っている。しかも、敵空母の一部は早くも〝攻撃機を発進させつつある！〟というのだから、それら敵機がオアフ島上空へ来襲するのは時間の問題だった。

もはや午前五時を二〇分以上も過ぎており、空はとっくに白み始めている。

同機の報告は決してまちがいではなく、じつは薄明を迎える前から、ミッチャー中将はオアフ島に対する攻撃を決意して、攻撃隊に発進を命じていた。

日本軍飛行場に先制攻撃を仕掛けようというのだが、みずからの放った索敵機はいまだ日本軍機動部隊を発見しておらず、オアフ島に全力攻撃を仕掛けることはできなかった。

ミッチャー中将は、第一、第二、第三空母群の高速空母一二隻を機動部隊同士の戦いに温存しておき、残る第四空母群の高速空母四隻に護衛空母一四隻の艦載機を加えて、オアフ島に先制攻撃を仕掛け、先に〝飛行場を叩きつぶしてやろう〟と考えたのだった。

この考えは当然で、オアフ島の日本軍飛行場を先に叩きつぶしてしまえば、あとは機動部隊同士の戦いに専念できる。そのため、スプルーアンス大将もあらかじめ「ニュージャージー」艦上からこの方針に〝ゴー・サイン〟を出していた。

敵機動部隊と基地からの挟撃を避けるには、実際、この手しかなかった。

そして果敢なことに、練度が充分な一部の機は薄明を待たずして午前四時五〇分ごろからすでに発艦を開始していた。

オアフ島に対する第一次攻撃隊の兵力は、F6Fヘルキャット戦闘機四四機、FM2ワイルドキャット戦闘機七六機、SB2Cヘルダイヴァー急降下爆撃機一五二機、TBF／TBMアヴェンジャー雷撃機一九〇機の計四六二機。

薄明のおよそ一〇分前から発進作業を開始したが、第四空母群の大型空母「エセックス」「フランクリン」は、六六機もの攻撃機を発進させるのにたっぷり三五分ほど掛かり、四六二機の攻撃機がすべて上空へ舞い上がったのは午前五時二五分のことだった。

そして、カネオへ基地発進の二式艦偵がちょうどそこへ現れ、同機は、上空へ舞い上がっていたヘルキャットから待ち伏せされたような格好となって、報告電を発した直後にあえなく撃墜されてしまったのだった。

米軍・第一次攻撃隊はまもなくオアフ島上空をめざして進軍し始めたが、身を挺した二式艦偵の報告は決して無駄ではなかった。

米軍艦載機の来襲を予期していたオアフ島ではどの飛行場でも戦闘機や爆撃機などが出撃準備を完了しており、戸塚中将だけでなく市丸少将や山田少将も、二式艦偵から報告が入るや全攻撃機に発進を命じた。

各飛行場では陸攻や陸爆、艦攻や艦爆などがとっくに爆弾、魚雷の装着を終えており、午前四時四五分にはガソリンの補充も完了して、発進待機位置で整列していた。

戸塚中将や両少将が発進を命じたのは午前五時二三分のこと。攻撃方針はあらかじめ決められており、米軍機動部隊に対する第一次攻撃隊には計四五九機が出撃してゆくことになった。

その兵力は、海軍機が零戦一三五機、彗星四五機、天山四五機、一式陸攻一〇八機、銀河七二機の計四〇五機。それに陸軍の重爆・飛龍五四機を加えて四五九機となっている。

このうち天山、一式陸攻、飛龍はすべて魚雷を装備しており、急降下爆撃が可能な彗星は五〇〇キログラム爆弾一発、同じく銀河は五〇〇キログラム爆弾二発ずつを装備していた。

連合艦隊司令部との話し合いで、零戦をすべて攻撃に出し、烈風と、陸軍の疾風をすべて基地に残して防空戦に当てる。

最大の問題は米軍攻撃隊が来襲する前に味方攻撃機の〝発進を終えられるかどうかっ⁉〟ということだった。基地からの発進はけっこうな時間が掛かる。とくに双発機の陸攻や銀河、飛龍などは発進にかなりの時間を要する。

それでも四発のＢ17、Ｂ24爆撃機などと比べるとまだマシで、一機当たり四五秒以内に発進を終えるようにもとめられていた。が、実際にはそう計算どおりにはいかない。

なかには五〇秒ほど掛かるものもあり、全機が発進を終えるのに、優に一時間以上は掛かりそうないきおいだ。

ホイラー飛行場から発進する重爆・飛龍は機数が五四機と比較的少ないため、ちょうど一時間ほどで発進を終えた。けれども、ヒッカム飛行場から飛び立つ陸攻や銀河は合わせて一八〇機と数が多い。

双発機が発進に使える滑走路は二本。ヒッカムではその二本を使って、まずは銀河が飛び立って行った。それが五時五〇分過ぎのこと。一式陸攻が続けとばかりにすかさず助走を開始する。

一〇八機が五四機ずつに分かれて飛び立ち、二本目の滑走路から最後の一式陸攻が発進を終えたのは、結局午前六時三五分のことだった。

所要時間はおよそ一時間一二分。一機当たりの発進に平均四八秒ほど掛かっていた。

零戦は小型機用の滑走路を使ってすでに全機が舞い上がっており、彗星や天山もとっくにエヴァ飛行場から飛び立っていた。

敵機が来襲する前に攻撃隊が発進を完了したのはよかったが、各飛行場に休んでいるような暇はまったくない。

敵空母から米軍攻撃隊が発進したというのだから、ヒッカム、エヴァ両基地では続いて烈風一八機ずつを迎撃に舞い上げ、ホイラー基地にいたっては、烈風九九機と陸軍・疾風一二〇機も迎撃に上げておく必要があった。

ホイラー飛行場はだだっぴろく広大だ。飛行場全面が滑走路となっており、砂塵を巻き上げながら疾風や烈風が次々と飛び立ってゆく。

ただし疾風のうちの九九機は、飛龍の発進と併行してすでに上空へ舞い上がっており、午前六時二〇分過ぎの時点で、残るホイラーの未発進機は疾風二一機と烈風九九機の合計一二〇機となっていた。それら烈風と疾風が三機ずつ一斉に上空へ舞い上がる。

日本軍にとって幸いだったのは、米軍艦載機の巡航速度がいずれも一三〇ノット前後と、比較的遅いことだった。

米軍・第一次攻撃隊は一九五海里の距離を飛ぶのにたっぷり一時間三〇分ほど掛かり、それら米軍機がオアフ島上空へ進入して来たのは結局、午前六時五〇分過ぎのことだった。


先に舞い上がった疾風はすかさず米軍攻撃隊へ襲い掛かり、容赦なく足止めを喰らわせる。

その間に、烈風や残る疾風も抜かりなく発進に成功して、午前六時五五分には日本軍戦闘機がすべて上空へ舞い上がった。

その兵力は疾風一二〇機、烈風一三五機の合わせて二五五機。

米軍攻撃隊の兵力も四六二機をかぞえたが、日本軍戦闘機の数が多く、米軍攻撃機はその迎撃網を突破するのに難渋した。

速度に勝る疾風はヘルキャットやワイルドキャットに戦いを挑み、烈風がその隙《すき》を突いてヘルダイヴァーやアヴェンジャーに襲い掛かる。

午前七時過ぎにはヘルダイヴァーが基地へ最初の爆弾を投じたが、ホイラー飛行場はもはやもぬけの殻となっていた。

そして、六時五〇分過ぎに始まったオアフ島上空の空中戦は、そのあと四〇分ちかくにわたって続くことになる。

4

そのころ機動部隊同士の戦いもすでに始まっていた。

カネオヘ基地発進の二式艦偵は午前五時二二分に撃墜されてしまったが、同機の発した報告電は角田中将の旗艦・装甲空母「大鳳」にもきっちり届いていた。

米軍機動部隊に対する攻撃方針は連合艦隊司令部からあらかじめ示されており、二式艦偵から報告電が飛び込むや、航空参謀の淵田美津雄《ふちだみつお》中佐がただちに進言した。

「長官！　報告によれば、敵機動部隊との距離はおよそ二五五海里です。……予定どおり〝樋端方式〟で攻撃隊を出します！」

朝を迎えた時点で米軍機動部隊との距離を首尾よく三〇〇海里以内にとることができれば、既定の方針にしたがって「樋端方式」で攻撃を仕掛けることになっていた。

樋端方式とはいうまでもなく連合艦隊航空甲参謀の樋端久利雄大佐（本日・五月一日付けで大佐に昇進）が立案した攻撃計画で、まずは米軍機動部隊に対して、疾風改のみで編成された「戦闘攻撃隊」を出すことになっている。

攻撃距離が三〇〇海里以内であればというのは疾風改の航続力を勘案してのことで、落下式燃料タンク（本来・陸軍用）を装備すれば、疾風改の攻撃半径は優に三〇〇海里を超える。

角田中将が一も二もなく淵田の進言にうなずくや、母艦一八隻の艦上から午前五時三五分を期して、落下式燃料タンクを装備した疾風改が一斉に発艦を開始した。

その兵力は全部で二四〇機。中型以上の主力空母一一隻から疾風改一八機ずつの計一九八機。それに軽空母七隻からも疾風改六機ずつ計四二機が発進してゆく。

発艦はいずれの空母でもいたって順調に進んでいるが、本来なら艦隊防空戦の要《かなめ》となるはずの戦闘機を、こうも気前よく大量に手放すのは危ない気がして、参謀長の有馬正文少将が思わず淵田に向かってつぶやいた。

「……いや、攻撃方針はわたしも充分わかっているが、老婆心ながらこんなにたくさんの戦闘機を手放して、本当に大丈夫か？」

淵田は即答した。

「いや、じつは私も内心心配しとるのですが、樋端さんの読みどおり敵機動部隊は、オアフ島の二〇〇海里付近に軍を進めて来ましたし、朝一番でオアフ島へ攻撃隊を出して来ましたので、その読みを信じて、ここは連合艦隊の方針どおりにやるしかありません」

すると、有馬は目をまるくして、もう一度つぶやいた。

「なんだ、きみもそうかね。……しかし〝昭和の秋山〟がそう言うのだから、『日本海海戦』を再現するにはこの手しかないのだな……」

淵田はうなずきながら、ちらっと角田中将の顔をのぞき見たが、この武人はすっかり肚《はら》を据えているようで、顔色ひとつ変えず、落ち着きはらっていた。

じつは、有馬や淵田は航空戦に精通しているからこそ、かえって不安になるのであった。

そうこうするうちに疾風改の発艦はわずか八分ほどで終わり、午前五時四三分には全二四〇機が上空へ舞い上がった。

その直前の五時三七分には、空母「瑞鶴」から発進していた二式艦偵からも〝敵艦隊発見!〟の報告が入り、同機の第二報によって、敵艦隊は水平線の向こうへ溢れるほど広大な海面に広がっており、おおむね五群に分かれて全部で三〇隻ちかくもの米空母が存在することが判明した。

今、出撃を終えたばかりの戦闘攻撃隊を見送りながら、淵田がぼそりとつぶやく。

「……三〇隻とは、耳を疑いたくなるほどの数ですが、敵はオアフ島のわが飛行場を攻撃するために、護衛空母もひき連れて来たのでしょう」

「ああ。おそらく、そうにちがいない」

有馬がうなずくと、淵田は、戦闘攻撃隊に続いて出撃準備中の第一波攻撃隊に指示をあたえるため、いちど艦橋を出て、搭乗員待機室へと降りて行った。

護衛空母らしきものの存在を知らせるとともにここは指示を徹底し、大型空母のみに〝第一波の攻撃を集中させよう〟というのであった。

なるほど、空母一八隻の艦上では早くも第一波攻撃隊の出撃準備が始まっていた。いや、それだけではない。立て続けに第二波攻撃隊をも出して攻撃をたたみ掛ける必要がある。

米艦隊がオアフ島の二〇〇海里付近へ進軍して来ることを見越して彗星や天山はすでに午前五時には兵装作業を完了していた。あとはそれら攻撃機を飛行甲板へ上げるだけでよかった。

第一波攻撃隊／攻撃目標・米空母群

〔第一艦隊〕
①装空「大鳳」／疾風改六、彗星二七
①空母「翔鶴」／疾風改六、彗星二七
①空母「瑞鶴」／疾風改六、彗星二七
④空母「天城」／疾風改六、天山一八
④空母「葛城」／疾風改六、天山一八
④軽空「伊吹」／疾風改六、天山九

〔第三艦隊〕
②空母「雲龍」／疾風改六、天山一八
②空母「飛龍」／疾風改六、天山一八
②空母「祥龍」／疾風改六、天山一八
⑥軽空「瑞鳳」／疾風改六、天山六
⑥軽空「千歳」／疾風改六、天山六
⑥軽空「千代田」疾風改六、天山六

〔第二艦隊〕
③空母「魁鷹」／疾風改六、彗星一八
③空母「飛鷹」／疾風改六、彗星一八
③空母「隼鷹」／疾風改六、彗星一八
⑤軽空「龍鳳」／疾風改六、天山六
⑤護空「神鷹」／疾風改六、天山六
⑤軽空「祥鳳」／疾風改六、天山六
※○数字は各所属航空戦隊を表わす。

第一波攻撃隊の兵力は、疾風改一〇八機、彗星一三五機、天山一三五機の計三七八機。

彗星はすべて五〇〇キログラム通常爆弾を装備し、天山はすべて航空魚雷を装備している。

午前六時一五分には第一波攻撃隊の発進準備がととのい、その全機が午前六時三〇分までに飛び立って行った。

第二波攻撃隊／攻撃目標・米空母群
〔第一艦隊〕
①装空「大鳳」／疾風改六、天山一八
①空母「翔鶴」／疾風改六、天山一八
①空母「瑞鶴」／疾風改六、天山一八
④空母「天城」／疾風改三、彗星一八
④空母「葛城」／疾風改三、彗星一八
④軽空「伊吹」／疾風改三
〔第三艦隊〕
②空母「雲龍」／疾風改三、彗星一八
②空母「飛龍」／疾風改三、彗星一八
②空母「祥龍」／疾風改三、彗星一八
⑥軽空「瑞鳳」／疾風改三
⑥軽空「千歳」／疾風改三
⑥軽空「千代田」疾風改三
〔第二艦隊〕
③空母「魁鷹」／疾風改六、天山一二
③空母「飛鷹」／疾風改六、天山一二
③空母「隼鷹」／疾風改六、天山一二
⑤軽空「龍鳳」／疾風改三
⑤護空「神鷹」／疾風改三
⑤軽空「祥鳳」／疾風改三
※○数字は各所属航空戦隊を表わす。

空母一八隻は休まず攻撃隊の準備を続け、立て続けに第二波攻撃隊を出す。

第二波攻撃隊の兵力は疾風改七二機、彗星九〇機、天山九〇機の計二五二機。

第二波も第一波と同じく、彗星はすべて五〇〇キログラム通常爆弾を装備し、天山はすべて航空魚雷を装備している。

第二波攻撃隊の発進準備は午前七時ちょうどにととのい、その全機が午前七時一〇分までに飛び立って行った。

三つの攻撃隊を発進させるために、連合艦隊の全艦艇が一時間半ちかくにわたって北東へ向けて航行し続けた。そのため第二波攻撃隊が発進した時点で米空母群との距離は二三〇海里ほどに縮まっており、第二波の疾風改は落下式燃料タンクを装備せずに出撃して行った。

攻撃隊の発進を完了すると、連合艦隊の全艦艇が速力を二〇ノットまで低下させつつ、ホノルルの北西およそ六〇海里の洋上をめざした。

こうして、いまや疾風改四二〇機、彗星二二五機、天山二二五機の総計八七〇機にも及ぶ帝国海軍の攻撃機が、米空母群上空をめざして進撃していたが、決して油断はならなかった。

午前六時一五分。第一波攻撃隊が発進を開始したのと時をほぼ同じくして、ついに米軍偵察機が上空へすがたを現していたのだ。

連合艦隊との接触に成功したのは空母「ホーネットⅡ」から飛び立っていた写真偵察機型のヘルキャットだった。

そのとき、各母艦では先頭の疾風改が助走を開始したばかりで、第一波の攻撃機はいまだ一機も飛び立っていなかった。

そのため艦隊の上空はがら空きで、そのヘルキャットは、悠々と連合艦隊の全容を確認してから東方へ飛び去って行った。

『日本軍大艦隊発見！　空母一八隻、戦艦およびその他随伴艦多数！　敵空母は攻撃隊を発進させつつある！　わが第五艦隊の西方（微南）およそ二四五海里』

米軍偵察機が長文の報告電を発したので、味方機動部隊の所在が敵側の知るところとなったのはもはやあきらかだった。

装甲空母「大鳳」の艦橋では、有馬参謀長が思わず顔をしかめてつぶやいた。

「ちっ、見つかったか……。艦隊防空用の戦闘機がわずか六〇機で、本当に大丈夫か？」

有馬が言うとおり、四二〇機もの疾風改を攻撃に出す計画となっており、艦隊直衛用に残される疾風改はわずか六〇機でしかなかった。

第一波攻撃隊が現在発進中のため、第二波の疾風改を減らすことは今からでも可能ではある。だが淵田は、なかばあきらめの境地で、有馬のつぶやきに応じた。

「上（連合艦隊）からの命令ですので、むやみに攻撃計画を変更することはできません」

そして淵田は、大きくため息を吐きながら、有馬をなだめた。

「攻撃隊発進後は、三艦隊ともよほどオアフ島へ近づきますので、それでなんとかなるとの計算でしょう」

有馬としても連合艦隊の方針に逆らうわけにはいかず、こくりとうなずいたのである。

いっぽう、写真偵察機型ヘルキャットの発した報告電をキャッチして、スプルーアンス大将やミッチャー中将は、これ以上ないほど重要な決断を迫られていた。

ここは真っ向勝負で戦いを挑み〝攻撃隊を発進させるのか〟それとも攻撃を自重して〝防空戦に徹するのか〟ということである。むろん多くの指揮官が戦いを選択するだろうが、いかんせん日本軍機動部隊との距離が遠かった。

アメリカ軍艦載機の攻撃半径は二〇〇海里程度でしかなく、ここは強引な攻撃は避けて防衛戦に徹するという選択肢もあった。

ところが、攻撃精神が旺盛なミッチャー中将はあくまで強気だった。

「敵との距離はおよそ二四五海里です！」

幕僚はそう進言したが、ミッチャーはただちに攻撃を決意して、大声で命じた。

「第一、第二、第三空母群は速力三〇ノットで西進し、三〇分後に攻撃隊を出す！　急げ！」

距離が遠いため、どうしても敵との距離を詰める必要がある。しかし、索敵であきらかに後手を踏んだため、ミッチャーは、早ければ〝一時間後には日本軍攻撃隊が来襲する！〟とみた。そこで全力で三〇分だけ西進し、距離を二三〇海里ほどに詰めてから攻撃隊を出すことにした。

それでも味方艦載機の航続力は足りないが、日本軍攻撃隊が来襲する前に味方攻撃隊をどうしても発進させておく必要がある。

搭乗員に無理をさせるのはミッチャーとしても心苦しいが、戦いを挑んで日本の空母を撃破するには、まさにこの手しかなかった。

「司令官！　それでも二三〇海里で距離が遠すぎます！」

参謀長のアーレイ・A・バーク大佐がたまらずそう進言したが、ミッチャーの意志は石のように固かった。

「敵の空襲を凌《しの》いだあとは全力で西進し、味方攻撃隊を迎えにゆく！　五〇海里も西へ向えば、収容は可能だから、決して攻撃が不可能な距離ではない！」

バークも生まれついての戦争屋だ。

防衛戦に徹するのは本意でなく、バークはミッチャーの決意に心を打たれ、たちどころに覚悟を決めた。

「わかりました！　すでにご決意なら、ぜひともそれでやりましょう！」

ミッチャーは闘志満々の表情でこれにうなずいた。が、問題は戦艦「ニュージャージー」艦上の艦隊司令部だった。

「ミッチャー中将が三〇ノットでの西進を命じております！」

通信参謀がそう報告するや、スプルーアンスはにわかに眉をひそめた。

「なにっ！」

スプルーアンス自身はここは防衛戦に徹するべきではないかと考えていたが、およそ確信が持てないため、まずはムリニクス参謀長に諮《はか》った。

「防衛に徹したほうが良さそうに思うが、そうではないかね？」

するとムリニクスは、反対に訊き返した。

「わたしはミッチャー提督の決断を尊重すべきだと思いますが、長官はなぜ、防衛に徹するべきだと思われますか？」

あらためてそう訊かれると、スプルーアンスにも明確な答えは浮かばなかった。だが、なにやら不吉な予感がする。

スプルーアンスはかろうじて口を開いた。

「敵との距離が遠すぎるし、ワイルドキャットもふくめると、こちらには六〇〇機以上もの戦闘機が残されている。無理な攻撃は避け、全戦闘機で敵攻撃隊を迎え撃つべきではないかね？」

もちろん一理あるが、ムリニクスはおもむろに首をかしげた。

「敵空母は一八隻です。一〇隻を優に上まわる強力な機動部隊ですから、少なめに見積もって一隻当たり四〇機の攻撃機を出して来たとしましても七〇〇機以上、いや、敵攻撃機は八〇〇機ちかく来襲するかもしれません。……日本軍パイロットは相当に訓練されておりますから、はたして、それだけの敵機をことごとく退けることができるでしょうか？」

　艦隊防空用として残されていた戦闘機は、ヘルキャット四九六機とワイルドキャット一二八機の合わせて六二四機。

　朝を迎えた時点で味方空母三〇隻が保有する戦闘機の総数は七六〇機だったが、オアフ島攻撃にすでに一二〇機の戦闘機（F6F四四機、F4F七六機）を出しており、索敵にも写真偵察機型のヘルキャット一六機を用いていた。

「七〇〇機もの敵機が来襲したとすれば、すべて退けることはできまい……」

　つぶやくようにしてスプルーアンスがそう応じるや、ムリニクスがうなずいて言及した。

「日本軍機動部隊が出現した場合に備えて、わが機動部隊の艦載機はすでに爆弾や魚雷を装備しておりますす。防衛戦に徹するとなれば、それらヘルダイヴァーやアヴェンジャーも上空へ退避させることになります」

　そのとおりで、第一、第二、第三空母群のヘルダイヴァーやアヴェンジャーはすでに爆弾や魚雷を装備していた。敵機動部隊の出現に備えて艦船攻撃用の兵装であらかじめ待機させておいたのだが、攻撃機に爆弾や魚雷を装備させておくことについてはスプルーアンス自身がミッチャー中将に許可をあたえていた。

スプルーアンスが黙ってうなずくと、ムリニクスは説明を続けた。

「兵装済みのヘルダイヴァーやアヴェンジャーをわざわざ上空へ退避させるぐらいなら、ぜひともそれらを攻撃に出すべきです！　……逆に防空戦に徹した場合、危険物を装備したままの攻撃機は着艦できませんので、爆弾や魚雷は海へ捨てることになります。収容後にもう一度兵装作業をやることになり、味方空母艦上はどれも大忙しで火の車となるでしょう。反撃できるのはいつのことになるやら……。ミッチャー提督が攻撃を決意したのは当然の判断に思います」

そもそも迅速な攻撃をめざしていたからこそ兵装作業を許可していたのだ。敵艦攻撃用の兵装で待機させておくようにもとめていたのは、むしろスプルーアンス司令部のほうだった。


ミッチャーは艦隊司令部の方針どおり、迅速な攻撃を実施しようとしているだけのこと。明確な理由もなくそれを止めるようなことは、さすがのスプルーアンスにもできなかった。

また、オアフ島攻撃用に出したアメリカ軍艦載機は、いまだこの時点（午前六時一五分過ぎ）では同島上空へ到達しておらず、敵飛行場に対する攻撃が先制攻撃となって成功するかどうかは、なお不透明だった。

もし、先制攻撃に失敗すれば、オアフ島からも日本軍機が来襲することになる。

その場合、第五八機動部隊の上空へ来襲する日本軍機は艦載機と陸上機を合わせて一〇〇〇機を超えることになり、六二四機の戦闘機で迎撃したとしても、第五八機動部隊はかなりの損害をこうむってしまうだろう。

　スプルーアンスとしては基地攻撃の不成功も考えておかねばならず、万一、先制攻撃が不成功に終わった場合には、まったく反撃できないような事態におちいる可能性もあった。

「わかった。一方的な攻撃をゆるすよりも、ここは積極果敢に攻撃を仕掛けて敵空母を空襲し、日本軍機動部隊にもそれ相応の出血を強《し》いてやろうというのだな」

「そのとおりです。……ここはミッチャー中将に任せるしかありません！」

　ムリニクスが即答すると、スプルーアンスもついにうなずいたのである。

5

　米空母一二隻はすでに突進を開始していた。

　リー中将の戦艦群も第一、第二、第三空母群を追い掛けており、そのなかにはスプルーアンス大将の将旗を掲げる、戦艦「ニュージャージー」のすがたも在った。

　そして午前六時四五分、三〇分にわたって西進し続けた三つの空母群は北東へ向けて変針し、空母一二隻の艦上から一斉にヘルキャットが発艦を開始した。

　第四空母群と一四隻の護衛空母は一五海里ほど後方へ置き去りとなったが、それら空母一八隻の艦上からもすでにワイルドキャットとヘルキャットが飛び立っている。

　機動部隊の旗艦・空母「レキシントンⅡ」の対空レーダーがすでに一五分ほど前から日本軍機の大群をとらえており、ミッチャー中将はまず、迎撃戦闘機の発進を優先する必要があった。

レーダーがとらえたのは疾風改ばかりで編成された「戦闘攻撃隊」だったが、米側でそのことを知る者はむろんだれもいない。

迎撃戦闘機の発進はまもなく一二分ほどで完了し、空母一二隻は間髪を入れずに第一次攻撃隊の発進に執り掛かった。

迎撃戦闘機隊の兵力はワイルドキャット一三二機、ヘルキャット三七二機の計五〇四機。

これら戦闘機でまずは日本軍攻撃隊に足止めを喰らわせて、そのあいだに攻撃隊のヘルダイヴァーやアヴェンジャーもすべて発進させてしまおうというのであった。

はたして、日米両軍戦闘機は午前七時前に激突し、第五八機動部隊の西方上空で激しい空中戦が始まった。

ワイルドキャットは疾風改の敵ではなかった。

だが、ヘルキャットは疾風改より一三〇機余りも数が多く、さしもの疾風改も多数の敵戦闘機を相手に苦戦を余儀なくされた。

空中戦は一進一退の様相を呈し始め、ヘルキャットが撃墜されたかと思うと、疾風改もまた火を噴いて落ちてゆく。

疾風改は、防御力においてヘルキャットとほぼ同等で、六〇〇〇メートル以下の高度では速度と旋回力でも勝っていた。攻撃力も二〇ミリ機関砲を装備する疾風改のほうが有利だが、ワイルドキャットもふくめると、疾風改は一機で二機以上の敵機と戦わねばならず、どちらかといえば日の丸飛行隊のほうが押され気味だった。

それをよいことに一二隻の空母は、第一次攻撃隊のヘルダイヴァーやアヴェンジャーを、次々と舞い上げてゆく。

第一次攻撃隊／攻撃目標・日本空母群
①空母「ヨークタウンII」　出撃機数六四機
（F6F一〇、SB2C三六、TBF一八）
①空母「ホーネットII」　出撃機数六四機
（F6F一〇、SB2C三六、TBF一八）
①軽空「ベローウッド」　出撃機数一九機
（F6F一〇、TBF九）
①軽空「サンジャシント」　出撃機数一九機
（F6F一〇、TBF九）
②空母「バンカーヒル」　出撃機数六四機
（F6F一〇、SB2C三六、TBF一八）
②空母「ワスプII」　出撃機数六四機
（F6F一〇、SB2C三六、TBF一八）
②軽空「モントレイ」　出撃機数一九機
（F6F一〇、TBF九）
②軽空「キャボット」　出撃機数一九機
（F6F一〇、TBF九）
③空母「イントレピッド」　出撃機数六四機
（F6F一〇、SB2C三六、TBF一八）
③空母「レキシントンII」　出撃機数六四機
（F6F一〇、SB2C三六、TBF一八）
③軽空「インディペンデンス」／一九機
（F6F一〇、TBF九）
③軽空「プリンストン」　出撃機数一九機
（F6F一〇、TBF九）
※〇数字は各所属空母群を表わす。

第一次攻撃隊の兵力はF6Fヘルキャット戦闘機一二〇機、SB2Cヘルダイヴァー急降下爆撃機二一六機、TBFアヴェンジャー雷撃機一六二機の計四九八機。

迎撃を優先したため、攻撃用のヘルキャットは一二〇機で我慢せざるをえなかったが、午前七時三三分には四九八機の攻撃機がすべて上空へ舞い上がり、ミッチャー中将はこの困難な発進作業を見事に成し遂げた。

スプルーアンスも「ニュージャージー」艦上でまずはほっと胸をなでおろす。

しかし、上空の日本軍機はすべて戦闘機だったので、これまで空襲をまぬがれていたのは当然のことだった。

ようやく米兵の多くが〝戦闘機ばかりじゃないか……〟と気づき始めていたが、そう気づいたときにはもはやミッチャーやスプルーアンスの顔は恐怖で青ざめていた。

午前七時一〇分ごろから新たな日本軍機の接近をレーダーがとらえていた。

そのころにはもう、オアフ島への〝先制攻撃が失敗した！〟とわかっており、レーダーに映った敵機群が近づいて来るにつれて、その群れが想像を絶するほどの大編隊であることにみなが気づき始めたのだった。

レーダーの画像をよくみると、敵機群は〝西南西〟と〝ほぼ真西〟の二方向からまったく同時に迫っており、両方とも三〇〇機～五〇〇機に達しようかという、大編隊であることがわかり始めてきた。

「……ぜっ、全部あわせると、八〇〇機を超えるかもしれません！」

情報参謀が顔を歪《ゆが》めてそう報告すると、スプルーアンスの表情からさっと血の気が引き、かれはめずらしく大声で問いただした。

「敵機群はいつ、上空へ進入して来るっ⁉」

「ご、午前七時四五分ごろ、……どっ、どちらの敵機群も、あと三〇分ほどで上空へ進入して来ると思われます！」

空母「レキシントンⅡ」の艦上でもそうした報告がなされており、ミッチャー中将の顔面からもまた、血の気が引いていた。

戦艦「ニュージャージー」のレーダーが探知した西南西から来る大編隊はいうまでもなくオアフ島の基地から発進した攻撃隊であり、ほぼ真西から迫りつつあるのは、帝国海軍の空母一八隻から発進した第一波攻撃隊だった。

基地航空隊と母艦航空隊の攻撃が奇しくも同時刻になったのは日本にとって幸運だった。

オアフ島攻撃隊の兵力は四五九機、第一波攻撃隊の兵力は三七八機で計八三七機となり、来襲した日本軍機はたしかに八〇〇機を超えていた。

スプルーアンス大将とミッチャー中将の背筋にたらたらと冷汗が流れる。

無理もない。先に来襲した戦闘攻撃隊との戦いで迎撃戦闘機隊はヘルキャット七八機とワイルドキャット二四機の計一〇二機を失っており、残る兵力は午前七時三五分過ぎの時点でヘルキャット二九四機、ワイルドキャット一〇八機の計四〇二機となっていた。

むろん疾風改も一〇八機を失っており、損害機数では戦闘攻撃隊のほうが上まわっていたが、およそ四〇分にわたって過酷な戦闘を米軍戦闘機に強いて、米軍パイロットを疲弊させていたことの意味は大きかった。

ミッチャー司令部はさかんに〝新たな敵機群の進入を阻止せよ！〟と命じていたが、ヘルキャットやワイルドキャットは、疾風改となおも戦い続けており、すぐには新手の日本軍攻撃隊に掛かることができなかった。

迎撃戦闘機隊が新手の敵機群に取り付いたのがようやく午前七時三五分過ぎのことで、かれらはそれこそ死にもの狂いとなってその進入を阻止しようとしたが、疾風改との空戦をくり返して、ヘルキャットやワイルドキャットの多くは、高度がかなり下がっていた。

しかも、二方向から来る日本軍攻撃隊へ向かうために兵力の分散を強いられた上に、日本軍・オアフ島攻撃隊には零戦一三五機が随伴し、第一波攻撃隊にも一〇八機の疾風改が随伴していたのだからたまらない。

疲労困憊《こんぱい》の米軍パイロットは、それら疾風改や零戦の反撃をかわすので精いっぱい、肝心の爆撃機や攻撃機にはほとんど手が出せなかった。

それでも米軍戦闘機は四〇〇機以上といまだ数多く残されていた。あとからやって来たヘルキャットなど一八〇機ほどが日本軍爆撃機や攻撃機に猛攻を仕掛ける。

その執拗な射撃を喰らい、陸攻や陸爆、艦爆や艦攻などが次々と火を噴き、海へ落ちてゆく。

日本軍機はおおむね巡航速度に優れ、航続距離が長いという長所にめぐまれていたが、防御力が総じて弱く、被弾にもろかった。

わずか七、八分の攻撃でオアフ島攻撃隊はたちまち一〇〇機を撃墜され、第一波攻撃隊もおよそ七〇機を撃ち落とされてしまった。

しかし、そのときにはもう、両攻撃隊とも米軍機動部隊の手前およそ一〇海里の上空まで迫っており、多くの搭乗員が眼を輝かせて獲物の物色に掛かっていた。

先に攻撃を開始したのはほぼ真西から進入した第一波攻撃隊のほうで、狙われたのはリーヴス少将の第一空母群と、シャーマン少将の第三空母群だった。

それから二分と経たずして西南西から進入したオアフ島攻撃隊も突入を開始し、こちらはおもにギンダー少将の第四空母群へ襲い掛かり、一部の機はモンゴメリー少将の第二空母群にも突入して行った。

第二空母群は、三つの空母群のなかで最も南西寄りに位置しており、第四空母群との距離が一〇海里ほどしか離れていなかった。

午前七時四八分。第一波攻撃隊を率いる江草隆《えぐさたか》繁《しげ》少佐がまず突撃命令を発して、続いて七時五〇分には、オアフ島攻撃隊を率いる壹岐春記《いきはるき》少佐も突撃命令を発した。

そして、戦闘攻撃隊の指揮官を務める菅波政治《すがなみせいじ》少佐は、味方攻撃機がことごとく〝米空母群への突入を開始した！〟ときっちり見定めてから、疾風改一二六機を直率して、戦場をあとにしたのである。

それは午前七時五〇分過ぎのことで、たっぷり五〇分以上にわたって敵艦隊近くの上空で戦い続けた戦闘攻撃隊は、結局、一一四機もの疾風改を失っていた。

6

話はすこし前後するが、午前六時五〇分過ぎに始まったオアフ島上空での空中戦もまた日米両軍機の激しいぶつかり合いとなって、とくに米軍攻撃隊はかなりの損害機数を計上していた。

基地上空での空中戦ということもあって陸軍の疾風や烈風は戦いをおよそ優位に進め、疾風三九機と三三機の烈風を失いながらも、およそ一一〇機の米軍艦載機を撃墜して、同じく八〇機以上を撃退していた。

烈風より性能に優れる疾風に、より多くの損害が出たのは、米軍戦闘機との戦いをおもに疾風が引き受けたからであった。

基地の防衛に任じた疾風や烈風は二〇〇機ちかくもの米軍艦載機を退けてみせたが、来襲した敵機の数（四六二機）が多くオアフ島の各飛行場も大損害を受けた。

米軍攻撃隊は全部で二〇〇発以上の爆弾を投下し、ヒッカム、エヴァ両飛行場では滑走路がすっかり大破し、ホイラー飛行場でも滑走路の一部が使用不能となってしまった。

ただし、日本軍飛行場はどれもすでにもぬけの殻となっており、地上で破壊された機はほとんどなかった。滑走路に開いた穴を塞いで整地をおこなえば、ヒッカム、エヴァ両飛行場も二、三日での復旧が可能であり、ホイラー飛行場は滑走路の半面以上が依然として使用可能で、この日のうちに全面復旧できそうだった。

また、カネオヘ基地やフォード島基地の損害は比較的軽微で、両飛行場や予備のベローズ飛行場などは着陸可能な状態を維持していた。

それでも整地しなおす必要はあったが、午前七時三五分には、基地上空で暴れまわっていた米軍艦載機もすべて退散してゆき、撃墜をまぬがれた疾風八一機は順次着陸し始め、その全機がホイラー飛行場へ舞い下りた。

ところが、烈風はなぜか着陸しない。

烈風は一〇二機が撃墜をまぬがれていたが、重大な傷を負っていた三機を除いて、残る九九機はホイラー基地の上空をすっかり飛び越えて、オアフ島の〝北西洋上〟をめざして飛び始めた。

そして、ハレイワ上空も飛び過ぎて、それから一五分も北西へ飛び続けると、その洋上には、空母一八隻を擁する連合艦隊の艦艇が海いっぱいに広がっていたのだった。

角田中将麾下の空母一八隻は午前七時一〇分に第二波攻撃隊の発進を完了しており、烈風九九機が上空へやって来た午前七時五五分の時点で、連合艦隊はホノルルの北西およそ七五海里の洋上へ達していた。

空を見上げて真っ先に安堵の表情を浮かべたのは、なにをかくそう、機動部隊参謀長の有馬正文少将だった。

「おう。基地の烈風が本当に助太刀にやって来たじゃないか……」

淵田も同様に安堵してうなずいたが、連合艦隊司令部があらかじめ命じておいたのだから、烈風が艦隊上空へ現れるのは当然だった。

その数は九九機で、中型以上の空母一一隻に九機ずつを着艦させれば、それでぴったり九九機を収容できる。

烈風の搭乗員は、昨年（昭和一八年）四月から五月にかけて実施した豪北方面の機動空襲作戦に参加した者が多く、むろん空母へ着艦する技量を充分にそなえている。

まもなく着艦の許可が出されると、一一隻の母艦へ次々と烈風が舞い下り、装甲空母「大鳳」も九機を収容して、午前八時五分には全機の収容を完了した。

首尾よく基地の烈風を戦力に加えて、これで艦隊を護る直衛戦闘機は疾風改六〇機、烈風九九機の合わせて一五九機となっていた。

まずは一安心といったところで角田中将もうなずいていたが、連合艦隊が終始オアフ島の近くで行動していたのは、基地とその配備機を最大限に利用するのが目的であり、これこそが本作戦での戦術「樋端方式」の骨幹を成す、最も重要な戦力集中策だったのである。

いっぽう、基地の烈風が連合艦隊の上空へすがたを現し始めた午前七時五〇分ごろ、はるか東方二三〇海里の太平洋上では、江草少佐の率いる第一波攻撃隊と壹岐少佐の率いるオアフ島攻撃隊がそれぞれ狙う米空母群へと迫り、いよいよ空襲を開始しようとしていた。

両攻撃隊とも兵力は充分だ。

ヘルキャットなど米軍戦闘機の迎撃により、第一波攻撃隊はすでに彗星三三機と天山三九機の計七二機を失っていたが、それでもなお彗星一〇二機と天山九六機の合わせて一九八機が攻撃兵力として残されていた。

かたや、オアフ島攻撃隊もまたヘルキャットなどの迎撃によって、すでに彗星一五機、天山二一機、一式陸攻三九機、銀河一八機、飛龍九機の計一〇二機を失っていたが、いまだ彗星三〇機、天山二四機、陸攻六九機、銀河五四機、飛龍四五機の合わせて二二二機が攻撃可能な兵力として、壹岐少佐の指揮下に残されていた。

——これだけの兵力が在れば、（それぞれ）二つの米空母群を全滅させるのも、決して不可能ではない！

江草と壹岐は固くそう信じていたが、両攻撃隊は突入を開始した直後から、敵対空砲火の強烈な洗礼にさらされた。

リー中将麾下の高速戦艦八隻も午前七時二〇分ごろには、第一、第二、第三空母群へ追い付いており、三つの空母群はもはや戦艦を加えた鉄壁の輪形陣を形成していた。

独り第四空母群のみは戦艦の護衛からもれてしまったが、第二空母群には戦艦「マサチューセッツ」と「アラバマ」が張り付き、第一空母群には戦艦「ワシントン」「ノースカロライナ」「アイオワ」の三隻が、第三空母群にも戦艦「ニュージャージー」「サウスダコタ」「インディアナ」の三隻が護衛に張り付いていていた。

米軍の対空砲火は戦国時代の槍衾《やりぶすま》を空へ向けて一斉に突き上げたようなすさまじさだった。

輪形陣からすき間なく撃ち上げられる高角砲弾が機体の近くを通り過ぎただけで炸裂し、日本の攻撃機が次々と粉砕されてゆく。

日本軍機の多くがインテグラルタンクを採用して航続距離の延伸を図っていたが、ガソリンタンクの防弾には適さぬ構造のため、炸裂した砲弾の破片をわずかに喰らっただけでたちまち機体が炎上し、彗星や天山、陸攻や銀河などが次から次へと撃ち落とされてゆく。

これがまさにＶＴ信管の威力で、多くの搭乗員がこれほどの恐怖を味わったのはこれがはじめてのことだったが、それでも日本の攻撃機はかまわず突入を続けて、膨大な数の損害機数を計上していった。

火だるまとなった日本軍機が海へ激突、砕け散った残骸が数え切れぬほど波間に浮いている。

敵である米軍将兵でさえ言葉を失くすほど、凄惨な光景が続いた。しかしVT信管がいかに強力といえども、すべての日本軍機を撃ち落とすことはできない。

日の丸飛行隊はなおも捨て身の突入を続け、武人の本懐を次々と遂げてゆく。そのすさまじい気迫に圧されて米兵はますます言葉を失くし、かれらの表情はやがて絶望に変わった。

致命傷をまぬがれたにもかかわらず、微妙な操縦に支障を来たした日本軍機が、味方空母をめざして一直線に突っ込んで来る。

一機や二機ではない。そんな敵機が何機も続出し、魚雷や爆弾を抱いたまま、空母へ体当たりして来るのだからたまらない。VT信管の機械力を人力でくつがえそうとする日本人の気魄《きはく》には、燃え上がるような凄まじさがあった。

——こ、こんなヤツらとは、と、とても正気では戦えない……。

そう悟り、かれらの表情が絶望に変わったのは当然だった。

魂の突入は、無数の弾丸を吸収しながらも狙う獲物を一直線に捉え、次々とエセックス級空母を業火に包み込んでゆく。

それが一隻や二隻では済まず、アメリカ海軍が今〝瓦解してゆくのだ……〟という空恐ろしさをかれらは肌でひしひしと感じた。

みなが誇りとしていた「ヨークタウンⅡ」「ホーネットⅡ」「ワスプⅡ」「イントレピッド」といった大型空母が次々と破壊され、ひとたび突入をゆるすや、それらエセックス級空母の動作が瞬時に鈍って、対空砲火をかわした敵機の爆撃や雷撃をさらにゆるしてしまう。

アメリカ空母群の陣形は大きく崩れ、洋上ではいつ終わるとも知れない狂瀾怒涛《きょうらんどとう》の光景が現出していた。

むろん、日本軍攻撃隊も膨大な数の損害機数を計上している。

第一波攻撃隊は突入後に、対空砲火で彗星三六機と天山三三機を撃墜され、投弾に成功したのは結局、彗星六六機と天山六三機の一二九機にすぎなかった。

ヘルキャットなど敵戦闘機による撃墜と合わせて、彗星は全部で六九機を失い、同機の損耗率は五一・一パーセントに達していた。また、天山も全部で七二機を失い、こちらの損耗率も五三・三パーセントに達している。

しかも、はじめて目にする新型対空弾・VT信管の脅威を払拭するために、隊長機の多くが指揮官先頭で米空母へ突入、矢面となって果てた者が続出し、江草隆繁少佐機のすがたももはや上空になかった。

帝国海軍にとって大きな損失だが、掛け替えのない犠牲をはらいながらも、彗星爆撃隊は一九・七パーセントの命中率を計上し、全部で一三発の命中弾を得た。また、天山雷撃隊も一五・九パーセントの命中率を挙げて、全部で一〇本の魚雷を米空母に命中させていた。

帝国海軍母艦搭乗員の練度は高く、相当にきびしい条件下での訓練においても、かれらの命中率が三〇パーセントを下まわるようなことは一度もなかった。だが、降下爆撃隊の命中率でさえ二〇パーセントを切ったのだから、米艦艇の撃ち上げる対空砲火が〝いかに強烈だったか……〟ということがこの数字でよくわかる。

魚雷の一本は軽空母「インディペンデンス」に命中していた。が、それ以外の爆弾一三発と魚雷九本はすべてエセックス級空母の船体をとらえていた。

命中した爆弾はいずれも破壊力の大きい五〇〇キログラム爆弾だ。

最も甚大な被害を受けたのは、第一空母群の旗艦・空母「ヨークタウンⅡ」だった。

爆弾四発と魚雷三本を喰らった「ヨークタウンⅡ」は艦が大きく左へ傾斜し、火が機関部にまで達してすでに航行を停止していた。もはや復旧の見込みはなく、艦長のジョセフ・J・クラーク大佐は早々と総員退去を命じて、リーヴス少将も重巡「ボストン」へ移乗しようとしていた。

それもそのはず。同艦は傾斜が止まらず、左へ傾きながらゆっくりと沈みつつあった。

空母「ヨークタウンⅡ」が沈没するのはもはや時間の問題となっていたが、つぎに大きな被害を受けたのが、第三空母群の旗艦・空母「イントレピッド」だった。

爆弾四発と魚雷二本を喰らった「イントレピッド」は、いまだ艦の平衡を保っていたが、同じく火災が機関部まで達しており、同艦もまた航行を停止していた。

それでもなお艦長のリチャード・K・ゲインズ大佐は懸命の復旧をこころみていたが、午前八時二五分にはついにあきらめて、シャーマン少将に報告した。

「……ダメです。機関が大破してしまい、回復の目処が立ちません。私はなお努力を続けてみますが、司令官は急ぎ、ご退艦ください！」

シャーマンはぜひもなくこれにうなずいた。

さらに、第一空母群の空母「ホーネットⅡ」も爆弾三発と魚雷一本を喰らって速度が一八ノットまで低下しており、第三空母群の空母「レキシントンⅡ」も爆弾二発と魚雷三本を喰らって大破にちかい損害をこうむっていた。

第三空母群の「レキシントンⅡ」にはミッチャー中将が座乗している。同艦はいまだ自力航行が可能なものの速力は一二ノットまで低下し、船体が右へかなり傾いていた。

艦の傾斜は八度に達し、これ以上傾くと艦載機の運用も危ういが、まもなく消火に成功して、艦長のアーネスト・W・リッチ准将がミッチャー中将に報告した。

「火はすべて消し止め、ボイラーの圧力が徐々に上がり始めております。あと三〇分ほどで速力が二〇ノットまで回復する見込みです！」

すると、ミッチャーは即座に訊き返した。

「艦載機の着艦収容は可能かね？」

「はい。攻撃隊の発進は困難で、戦闘力はあきらかに低下しておりますが、戦闘機の発進は可能ですし、攻撃機の収容も可能です！」

ミッチャーはこれにちいさくうなずいて、なおも「レキシントンⅡ」の艦上で指揮を執り続けることにした。

すでに第一空母群の「ヨークタウンⅡ」と第三空母群の僚艦「イントレピッド」が大きな被害を受けており、出した攻撃隊を収容するには「レキシントンⅡ」を早々と撤退させるわけにはいかなかった。戦場に踏みとどまる以上、安易に旗艦を変更すべきでなく、混乱を避けるためにミッチャーは、「レキシントンⅡ」艦上で指揮を執り続けることにしたのだった。

魚雷を喰らった第三空母群の軽空母「インディペンデンス」もまた、速力が一六ノットまで低下して戦闘力を喪失、攻撃隊の発進が不可能となっている。

まもなく、第一空母群の「ホーネットⅡ」から連絡が入り、同艦は二〇分後には飛行甲板の穴を塞いで、速力二二ノットでの航行が可能になると判明した。

それはよかったが、ミッチャーの継戦意欲とは裏腹に、第二、第四空母群もほぼ同時に空襲を受け、第五八機動部隊は〝もはや窮地に立たされている！〟と考えざるをえなかった。

午前八時二〇分過ぎになってようやくすべての日本軍機が上空からすがたを消したが、それとともに、第二、第四空母群の被害状況もあきらかとなってきた。

エセックス級空母では第二空母群の旗艦「バンカーヒル」が唯一空襲をまぬがれていたが、その僚艦「ワスプⅡ」は爆弾一発と魚雷二本を受けて中破し、「ワスプⅡ」は戦闘力を維持しているものの速力が二五ノットまで低下していた。

同じく第二空母群では、「プリンストン」が爆弾一発と魚雷二本を喰らって大破してしまい、軽空母「プリンストン」は大量の浸水をまねいて沈みゆく運命にあった。

かたや第四空母群では、旗艦「エセックス」が爆弾二発と魚雷二本を喰らって大破し、僚艦「フランクリン」も爆弾一発と魚雷二本を喰らって中破していた。「フランクリン」は速力が二四ノットに低下したが、戦闘力を維持しており、「エセックス」は速力が一八ノットに低下し、三〇分後には戦闘力を回復する見込みであった。

さらに第四空母群では、爆弾一発と魚雷一本を喰らった軽空母「ラングレイ」がすでに航行を停止しており、軽空母「カウペンス」も爆弾一発を喰らって機関の一部が損傷し、速力が一六ノットまで低下していた。

ちなみに、「ラングレイ」ではまもなく退去命令が出され、戦場が敵地に近いため自沈処理されることになる。

以上が高速空母の状況だが、被害はそれだけではない。第四空母群の近くで行動していたサンガモン級の護衛空母「スワニー」が軽空母と誤認されて攻撃を受け、不運な「スワニー」は爆弾二発と魚雷一本を喰らってすでに轟沈《ごうちん》していた。

第二、第四空母群の上空からもすでに日本軍機は飛び去っていたが、オアフ島攻撃隊も大きな犠牲をはらい、二四〇機を失っていた。

帰途に就くことができたのは、零戦六九機と爆撃機、攻撃機を合わせて一五〇機の、二一九機にすぎず、オアフ島航空隊の損耗率も五二・二パーセントに達していた。

そして、壹岐少佐の一式陸攻はヒッカム飛行場までたどり着けず、モカブ岬の東北東およそ四〇海里の洋上へ不時着水することになるが、オアフ島攻撃隊もおよそ一二・六パーセントの命中率を挙げて、米空母に対し全部で爆弾九発と魚雷一〇本を命中させていたのである。

「無傷の大型空母は『バンカーヒル』のみ、軽空母は四隻が無傷です。また、修理後に作戦可能な大型空母は五隻で軽空母が一隻。作戦不能なものが大型空母一隻、軽空母一隻です。……『ヨークタウンⅡ』がまもなく沈没し、軽空母『プリンストン』『ラングレイ』も沈没する運命です」

さらに息を継いで情報参謀が「ほかにも護衛空母『スワニー』が沈没しております」と言及すると、ミッチャー中将は目をつむりながらため息を吐き、こくりとうなずいてみせた。

7

ミッチャー中将がため息を吐くのは無理もなかった。午前八時二五分には防空戦が一旦小休止となったが、さらなる日本軍機が来襲して、味方空母群の西方上空では一、二分前から再び空中戦が始まっていた。

米空母群の上空へ今、進入しようとしていたのは、いうまでもなく日本の空母一八隻から飛び立った第二波攻撃隊だった。その兵力は疾風改七二機、彗星九〇機、天山九〇機の計二五二機。

空母を護るために、第五八機動部隊の上空ではなおもヘルキャット一七六機とワイルドキャット二八機の合わせて二〇四機が粘っていたが、かれら迎撃戦闘機隊のパイロットは、すでに午前七時前からたっぷり一時間三〇分以上にわたって空戦を続けており、その疲労度はもはや極限に達していた。

最初に迎撃に飛び立ったときには五〇四機もの兵力を有していたが、まず二四〇機の疾風改との戦いで一〇二機を失い、さらに第一波、オアフ島攻撃隊を合わせた八三七機との戦いで一九八機を失い、迎撃戦闘機隊がちょうど三〇〇機の兵力をすり減らしたところへ、日本軍の第二波攻撃隊がさらに来襲したのだからたまらない。空母の大半が被空襲中のため着艦も許されず、銃弾やガソリンはもはや底を突きかけていた。

それでもかれらは歯を食いしばって新たな日本軍攻撃隊に一撃を仕掛けたが、七二機の疾風改に対して空戦を挑むような余力は、いまの迎撃戦闘機隊には残されていなかった。

しかも、第二波攻撃隊を率いる村田重治《しげはる》少佐は米軍機動部隊の西方・約一〇海里の上空まですでに軍を進めており、もはや多くの搭乗員が眼下の洋上に米空母を発見していた。

グラマンの一撃に遭い、撃ち落とされた第二波の攻撃機は疾風改一二機、彗星一八機、天山二一機の計五一機にとどまった。

米軍戦闘機はみな、一撃を仕掛けるだけで精いっぱい。敵戦闘機が一斉に降下してゆくと、村田少佐は〝この機を逃すものかっ！〟と突撃命令を発した。

「全軍突撃せよ！（トトトトトトッ！）」

時に午前八時三三分。彗星や天山が一斉に散開し、狙う米空母群へ向け突入してゆく。

残る攻撃機は、彗星七二機、天山六九機の合わせて一四一機。兵力は充分だ。

村田少佐は、彗星一八機と天山一六機を直率して、最も遠方で行動している第四空母群の攻撃に向かった。

そして、米空母群の直上へ達するや、各隊長が次々と列機に突撃命令を発した。

「全機突撃せよ！（ツツツツツツッ！）」

最初に狙われたのは第一空母群だった。

その旗艦である空母「ヨークタウンⅡ」は大きく傾いてすでに沈没しつつある。その上空を素通りして、魅力的なもう一隻の大型空母「ホーネットⅡ」に対し、彗星一二機と天山一二機が猛然と襲い掛かった。

米空母群の陣形はどれも大きく乱れて統制が執れていない。それもそのはず。これまでの攻撃で大型空母の多くが手傷を負い、復旧作業に忙殺されていた。

それでもＶＴ信管をまじえた対空砲火で、「ホーネットⅡ」は八機の日本軍機を撃墜した。が、残る彗星七機と天山九機は息も継がせず同艦へ襲い掛かり、見事、爆弾二発と魚雷二本を「ホーネットⅡ」に命中させた。

速力が二〇ノット以下に低下していた同艦に爆弾や魚雷をかわす余力はなく、空母「ホーネットⅡ」は二本目の魚雷を喰らった直後にすっかり航行を停止し、右へ大きく傾きながら、ゆっくりと海中へ没していった。

いや、第一空母群の被害は、じつはそれだけではなかった。

同時に軽空母「ベローウッド」も彗星六機と天山六機から襲撃を受けており、こちらも対空砲で三機を撃墜したものの、爆弾一発と魚雷一本を喰らって航行を停止していた。

彗星の搭載する五〇〇キログラム爆弾は、これまでの二五〇キログラム爆弾とはちがって大きな攻撃効果を発揮した。

結局「ベローウッド」は自沈処理されることになり、これで第一空母群で作戦可能な空母はインディペンデンス級の「サンジャシント」一隻のみとなってしまった。

第二波攻撃隊の猛攻はまだまだ止まらない。

第一空母群への攻撃から二分と経たずして、今度は第二空母群と第三空母群へ日本軍の攻撃機がほぼ同時に襲い掛かり、容赦なく戦果を拡大していった。

　攻撃兵力は彗星三六機と天山三五機。それぞれ約半数ずつに分かれて二つの空母群へ攻撃に向かい、まず八機の天山がほとんど動かぬ空母「イントレピッド」へ魚雷を投下、二本の魚雷を卒なく左舷へ突き刺して、同艦を真っ先に海上から葬り去った。

　左舷・中央に大破孔を生じ、空母「イントレピッド」は大量の浸水をまねいてゆっくりと波間へ消えつつあった。

　第三空母群の攻撃に向かった残る彗星一八機と天山九機は、ミッチャー中将の座乗艦「レキシントンⅡ」へ容赦なく襲い掛かる。

　それを護る戦艦三隻などが一斉に対空砲をぶっ放したが、彗星七機と天山二機を撃ち落とすのが精いっぱい。日本軍機に次々と爆弾や魚雷の投下をゆるしてしまった。

　このとき「レキシントンⅡ」の速力は一六ノットまで回復していたが、投じられた爆弾や魚雷をかわす余力は残されていなかった。

　約一五分に及ぶ猛攻の末に、攻撃隊は「レキシントンⅡ」に爆弾三発と魚雷一本をねじ込み、右舷に命中した魚雷が致命傷となって、同艦は突如横倒しとなって急激に沈み始めた。

　幕僚がこぞって海へ飛び込むように進言し、参謀長のバーク大佐は否応なくそれに応じたが、艦長のリッチ准将とミッチャー中将はそのまま「レキシントンⅡ」の艦橋に居残り、艦と運命をともにした。

　この瞬間に第五八機動部隊の敗北は決定したといってよく、第三空母群の残る空母は軽空母「モントレイ」と、大破した軽空母「インディペンデンス」の二隻のみとなっていた。

かたや第二空母群も、ほぼ同時に攻撃を受けており、空母「バンカーヒル」もついに爆弾二発を喰らって大破し、空母「ワスプⅡ」も爆弾二発と魚雷二本を喰らって機関が全滅、艦長・クリフトン・A・F・スプレイグ准将の復旧作業もむなしく、「ワスプⅡ」は航行を停止していた。

第二空母群はすでに軽空母「プリンストン」を失っており、軽空母「キャボット」は作戦可能だが、旗艦の「バンカーヒル」も速力が二四ノットに低下して、復旧におよそ三〇分を要する損傷を負ってしまった。

スプレイグ准将がまもなく「ワスプⅡ」の総員退去と自沈処理を願い出ると、第二空母群司令官のモンゴメリー少将は、スプルーアンス大将の艦隊司令部とも協議した上で、空母「ワスプⅡ」の自沈処理を決めた。

近くに曳航《えいこう》できるようなアメリカ海軍の基地が存在せず、これはやむをえない処置だったが、それからしばらくすると、機動部隊の旗艦「レキシントンⅡ」が沈没したことがわかり、アルフレッド・E・モンゴメリー少将が急遽、空母「バンカーヒル」艦上で第五八機動部隊の指揮を執ることになったのである。

それにしても、戦闘攻撃隊の突入を皮切りにして日本軍機の攻撃は見事に集中されており、空母の多くが復旧作業を完了する前にさらなる空襲を受けたのだから、スプルーアンス司令部としても手の打ちようがなかった。

日本軍機の猛攻はなおも続く。空母「レキシントンⅡ」に二発目の爆弾が命中したころ、村田少佐の直率する本隊がいよいよ第四空母群の上空へ到達し、満を持して攻撃を開始していた。

第四空母群では軽空母「ラングレイ」がすでに沈没しようとしており、午前八時四二分に村田少佐が突撃命令（ツ連送）を発したとき、空母「フランクリン」は速力二四ノットで東進し、遠くへ退避しようとしていた。

攻撃兵力は彗星一八機と天山一六機。洋上には逃げ後れた空母「エセックス」と軽空母「カウペンス」が残されており、村田少佐は「フランクリン」を捨て置き、眼下の二空母を確実に仕留めることにした。

両空母とも速力が二〇ノット以下に低下しており、「エセックス」の速度は一八ノット、「カウペンス」の速度も一六ノットとなっていた。

ほかの空母群とちがって第四空母群には戦艦が随伴しておらず、空母もすでに手傷を負って、対空砲火もおよそまばらだ。

それでも村田本隊は、攻撃中に彗星三機と天山二機を失った。

列機の技量は高い。村田は直率する天山九機と彗星九機で「エセックス」へ襲い掛かり、残る彗星六機と天山五機を「カウペンス」の攻撃に差し向けた。

はたして、およそ一〇分に及ぶ猛攻の末に、村田本隊は「エセックス」に爆弾二発と魚雷二本を命中させて、「カウペンス」にも魚雷と爆弾を一発ずつ命中させた。

防御力に欠ける「カウペンス」は最後に喰らった爆弾が致命傷となってまたたく間に轟沈し、空母「エセックス」も一本目の魚雷を喰らった直後から右へ大きく傾き始めた。

そこへ狙いすましたように、村田・第一小隊の天山三機が迫り、魚雷を投じてゆく。

すでに「エセックス」の速力は一〇ノットちかくまで低下しており、村田雷撃隊が攻撃をしくじるはずもなかった。

投じられた魚雷三本のうちの一本が、「エセックス」の右舷舷側をきっちりととらえ、同艦もまた巨大な水柱を上げながら横倒しとなって、海中へ没していったのである。

空母「エセックス」に将旗を掲げるギンダー少将は、沈没の寸前にかろうじて脱出に成功し、駆逐艦を経由して重巡「サンフランシスコ」へ移乗した。が、艦長のラルフ・A・オフスティ准将は艦と運命をともにした。

8

スプルーアンス大将はがっくりと肩をおとしていた。無理もない。エセックス級空母八隻のうちの六隻が、すでに撃沈されたか、沈没する運命にあり、インディペンデンス級軽空母もすでに四隻を失い、さらに一隻が大破して作戦不能となっていた。

午前九時にはすべての日本軍機が上空からすがたを消し、スプルーアンス大将もようやく息を吐いたが、この時点で作戦可能な空母はエセックス級の「バンカーヒル」と「フランクリン」、それにインディペンデンス級の「サンジャシント」「モントレイ」「キャボット」の三隻を合わせて計五隻となっていた。

上空を護る戦闘機もヘルキャット一四〇機、ワイルドキャット一六機の計一五六機まで数を減らしていたが、索敵に出たヘルキャット一六機が帰投して来たので全部で一七二機となっていた。

空母「バンカーヒル」と「フランクリン」はまもなく応急修理を終え、「バンカーヒル」は二五ノット、「フランクリン」も二七ノットでの航行が可能となっている。

一七二機の戦闘機は両空母と三隻の軽空母に分かれて着艦し、午前九時二五分には全機の収容を完了した。

出撃時の錚々《そうそう》たる威容は見る影もなく、第五八機動部隊はもはや軍容落莫《ぐんようらくばく》としていたが、戦いはまだ続いている。

午前七時三三分に発進を完了した四九八機ものアメリカ軍艦載機が日本軍機動部隊の上空をめざしていたし、いまだ作戦可能な空母五隻はそれら味方攻撃機を収容する必要もあった。

アメリカ軍機動部隊が五〇〇機ちかくもの攻撃機を放ったのは、むろんこれがはじめてだ。

——戦いをあきらめるのはまだ早い！　わが第一次攻撃隊が日本の空母を一〇隻ちかくも撃破してくれれば、勝利の希《のぞみ》はある！

スプルーアンスやムリニクスはそう念じていたが、ミッチャー中将が懸命に出撃させたアメリカ軍・第一次攻撃隊は、じつは〝思わぬ伏兵〟に遭い苦戦を強いられていた。

くどいようだがアメリカ軍艦載機の巡航速度は遅く、いずれも時速一三〇ノット～一四〇ノット程度でしか飛べない。

戦闘機のヘルキャットでも巡航速度は一四六ノット、ヘルダイヴァーで一三七ノット、アヴェンジャーにいたっては一二八ノットの巡航速度しか出せず、護衛に当たるヘルキャットは当然、アヴェンジャーなどの巡航速度に合わせて飛び続ける必要がある。

機体の重さが主な原因だが、発進してから一時間ほどは何事も起こらず、第一次攻撃隊は一三〇海里余りの距離を順調に前進していた。

ところが、発進からおよそ一時間が過ぎた午前八時三五分ごろから、第一次攻撃隊は〝不覚にも後方上空〟から、まったく寝耳に水の射撃を受け始めたのだ。

その猛烈な射撃の正体は、なにをかくそう米艦隊上空から西へ引き揚げつつあった、一二六機の疾風改であった。いうまでもなく、戦闘攻撃隊の疾風改である。

菅波政治少佐の率いる疾風改一二六機が米艦隊上空から引き揚げたのは、午前七時五〇分過ぎのことだったが、戦闘攻撃隊には六機の二式艦偵が先導役として随伴しており、六機のうちの一機が帰投中に米軍攻撃隊の大編隊を発見した。

それが午前八時三〇分過ぎのことで、艦偵をふくむ菅波機以下の一三二機は、疾風改の巡航速度である時速二〇〇ノットで飛行し、味方母艦群の上空をめざしていた。

米軍機動部隊上空で引き揚げを命じてからちょうど四〇分ほどが経過しており、戦闘攻撃隊は西へ一三五海里ほどもどって来た帰投中に、偶然にも、米軍・第一次攻撃隊の最後尾に追い付いたのだった。

これは決して連合艦隊参謀の樋端大佐が企図した作戦ではなかったが、艦載機の巡航速度の遅さがアダとなって米軍攻撃隊は、一〇〇機以上もの疾風改に後方から喰い付かれたのだから、たまらない。疾風改は、その多くが二〇ミリ弾をすでに使い果たしていたが、一二・七ミリ弾はたっぷり残っていた。

しかも戦闘攻撃隊の疾風改は、落下式燃料タンクを装備して出撃していたのでガソリンもいまだ充分に残っていた。

対する米軍攻撃隊は、日本軍機動部隊の上空をめざして西進していたので、まさか敵機が東から現れるとは思いもせず、後方の見張りがすっかりおろそかになっていた。

――よし！　もうひと暴れしてやろう。

味方空母がやられては元も子もないので、菅波少佐以下は即座に攻撃を決意し、米軍攻撃隊の後方からひたひたと近づき、敵機群めがけて一斉に襲い掛かった。

満を持したその攻撃は完全な奇襲となって成功し、米軍攻撃隊は不意の一撃を喰らってたちまち五〇機ちかくを撃ち落とされた。

――なっ、なにごとだっ！

護衛に張り付いていたヘルキャットのパイロットはみな、猛烈な一撃を喰らってはじめて敵襲に気づいたが、そのときにはもう手後れでヘルキャット一八機、ヘルダイヴァー二一機、アヴェンジャー九機が撃墜されていた。

いや、それだけではない。撃墜された四八機のほかにも、ヘルキャット以下の約五〇機が疾風改の放った弾丸を喰らい、かなりの傷を負わされていた。

ただし、戦闘攻撃隊も決して無傷ではなく、二機の疾風改が返り討ちに遭っていた。

一旦降下した疾風改が攻撃隊のアヴェンジャーなどをめがけて再び上昇して来る。そうはさせじと、多くのヘルキャットが反撃に転じたが、もはや数の上においても、疾風改のほうが二〇機ほど上まわっていた。

日本軍戦闘機の攻撃はその後も止まず、米軍攻撃機はクシの歯が抜け落ちるようにして、時間の経過とともに一機また一機と、否応なくその数を減らしてゆく。

ヘルキャットは護るべき味方攻撃機から大きく離れることができず、その高速性能を充分に活かすことができない。しかも、ここで高速を出してガソリンを浪費してしまうと、日本軍機動部隊の上空までたどり着けず、護衛の任務を果たせなくなるのだ。いわば足枷《あしかせ》をはめられたような格好となり、さしものヘルキャットもことのほか苦戦を強いられた。

時刻はもはや午前八時四五分になろうとしていたが、そのときにはもう戦闘攻撃隊の艦偵から連絡を受け、帝国海軍の空母一八隻から迎撃用に残されていた疾風改や烈風が飛び立っていた。

烈風はむろんオアフ島の基地から移動していた九九機で、疾風改六〇機と合わせて、その兵力は一五九機。午前八時五〇分にはそれら一五九機が味方空母群の手前およそ四〇海里の上空で迎撃の網を張り待ち構えていたのだから、米軍攻撃隊はたまらない。

米軍・第一次攻撃隊は、西と東から挟み撃ちに遭い、もはや日本の空母を探し出すどころの騒ぎではなかった。午前八時五〇分から午前九時五分までのおよそ一五分間で、米軍攻撃隊は一一〇機余りの攻撃機を撃墜され、一三〇機ちかくが東への退避を余儀なくされた。

しかし、来襲した敵機の数が多すぎて疾風改や烈風もその進入を完全に阻止することはできず、米軍攻撃隊の第一群がついに日本軍の空母数隻を洋上に発見した。

発見されたのはまさに角田中将の率いる第一艦隊の空母五隻「大鳳」「翔鶴」「瑞鶴」「天城」「葛城」と軽空母「伊吹」だった。

米軍攻撃隊の第一群は、すでに一〇〇機以上を撃退されていたが、それでもヘルダイヴァー四八機とアヴェンジャー三二機が攻撃兵力として残されていた。

午前九時六分。第一群の指揮官機が突撃命令を発するや、それら八〇機の米軍攻撃機が大型空母三隻へ向け、次々と突入し始めた。

狙われたのは、角田中将が直率する第一航空戦隊の主力空母三隻「大鳳」「翔鶴」「瑞鶴」だ。

その近くには「山城」「伊勢」「日向」の戦艦三隻がぴたりと張り付いており、三式弾をまじえた対空砲火が轟然と火を噴いて敵機の突入を阻止しようとする。


連合艦隊の輪形陣もかなり改善され、各艦艇の対空攻撃力も大いに強化されていた。

けれども、VT信管の威力とは比べるべくもなく、猛烈な勢いで撃ち上げた弾幕も、ヘルダイヴァー九機とアヴェンジャー七機を撃ち落とすのが精いっぱいだった。

それをすり抜けたアヴェンジャーが低空へと舞い下り、ヘルダイヴァーが高空から猛然と突入して来る。

ところが、疾風改や烈風は味方対空砲との相撃ちをも厭《いと》わず、空母への狙いを狂わせようと、なおも執拗に敵機へ追いすがる。

捨て身の追撃だが、ヘルダイヴァーやアヴェンジャーも旋回機銃で必死に応戦し、空母へ向けて投じられた爆弾は三九発に及び、魚雷も二五本をかぞえた。

米海軍のベテラン・パイロットといえども速力三〇ノット以上で高速回避する空母に対して、実戦で命中弾をあたえるのは容易ではない。三空母はほぼ横一線となって並走しており、とくにその中央をゆく「大鳳」に雷撃を実施するのは至難の業だった。

米軍搭乗員の技量は、日本軍搭乗員よりも若干劣っていたが、しかし、それでも爆弾の命中率はおよそ二〇パーセントに達し、魚雷の命中率はちょうど一六パーセントを記録した。

第一群米軍機の猛攻は約一五分に及び、装甲空母「大鳳」に爆弾三発が命中し、空母「翔鶴」に爆弾四発と魚雷二本、空母「瑞鶴」にも爆弾一発と魚雷二本が命中した。

四本の水柱が林立し、三空母の艦上から黒煙がもうもうと立ち昇る。

みなが〝どうなることか……〟と、その様子を見守っていたが、飛行甲板の重装甲がものを言って、「大鳳」は一〇分と経たずに消火に成功、戦闘力を維持したまま三〇ノット以上の速度で疾走し続けていた。

角田中将も艦橋で人知れず〝よし！〟とうなずいていたが、ほぼ同時に攻撃を受けた「翔鶴」の被害は甚大だった。

命中した三発目の爆弾が艦内奥深くまで達して炸裂し、機関の一部が火災で損傷。魚雷の命中による浸水と相まって、「翔鶴」の速度は一気に一三ノットまで低下してしまった。

ヘルダイヴァーの投じた爆弾はすべて一〇〇〇ポンド爆弾だった。飛行甲板はめちゃくちゃに破壊され、歴戦の「翔鶴」も急激に失速、戦闘力をあきらかに喪失している。

かたや、同じく魚雷二本を喰らった「瑞鶴」の速力も一七ノットに低下しており、両空母は旗艦の「大鳳」からかなり後れてしまった。

東へ置いてきぼりを喰ったような格好だが、そこへ運悪く、米軍攻撃隊の第二群が来襲して、空母「翔鶴」「瑞鶴」は復旧作業もままならず、さらなる空襲にさらされた。

第二群の米軍攻撃隊は東西から日本軍戦闘機に挟み撃ちにされ、すでに一七〇機以上を撃退もしくは撃墜されていたが、それでもなおヘルダイヴァー一二機とアヴェンジャー一三機が艦隊上空への進入に成功し、今、「翔鶴」と「瑞鶴」へ向けて突入しようとしていた。

戦艦では唯一、「日向」が両空母の近くに居残り高角砲や三式弾をぶっ放していたが、ヘルダイヴァー二機とアヴェンジャー一機を撃ち落とすのが精いっぱい。それから一〇分に及ぶ猛攻をさらに受け、「翔鶴」が爆弾一発と魚雷二本を喰らい、「瑞鶴」もさらに爆弾一発を喰らってしまった。

二本目の魚雷を喰らった直後にひときわ大きな水柱が昇り、「翔鶴」はついに航行を停止、右へゆっくりと傾きながら沈没し始めた。

もはや同艦を救うことはできず、艦長の松原博大佐は、角田中将の許可を得て午前九時四八分に総員退去を命じ、みなの退艦を待ってみずからも駆逐艦「巻雲《まきぐも》」に移乗した。

かたや、爆弾一発を喰らった「瑞鶴」の速度も一四ノットまで低下していたが、こちらは戦闘力を喪失したものの自力航行が可能なため、角田中将は「瑞鶴」に対して、オアフ島の西へ一旦大きく迂回してから、日没を待って真珠湾へ入港するように命じた。

午前九時四五分にはすべての敵機が上空から飛び去ったが、連合艦隊は空母「翔鶴」を失い、空母「瑞鶴」も大破してしまったのである。

第七章　大統領令発令！

1

戦闘攻撃隊の疾風改が帰投中に米軍攻撃隊を捕捉するという幸運にもめぐまれて、連合艦隊は大型空母一隻喪失、一隻大破という最小限の被害でこの危機を乗り切った。

　この損害に対して連合艦隊は、大小一〇隻もの米空母を沈めることに成功したのだから、あきらかに戦いを優位に進めつつあった。

　もはや勝利は確実といっていいだろうが、アメリカ軍機動部隊にはいまだ作戦可能な空母数隻が残されている。

　誉れ高き「日本海海戦」の勝利を再現するためにも、連合艦隊はこの機に乗じて一気呵《か》成《せい》に攻め立て、さらに戦果を拡大して、勝利をゆるぎないものにしておくべきだった。

　第一航空戦隊の主力空母二隻を欠くことにはなったが、機動部隊の旗艦「大鳳」はいまだ健在で戦闘力を充分に保持している。

　敵機が上空から飛び去ると、「大鳳」以下の空母一六隻は防空戦を戦いぬいた味方戦闘機の収容を急いだ。

　激しい空戦で連合艦隊も九三機を失い、母艦に収容された戦闘機は疾風改一二三機、烈風六九機の計一九二機となっていた。

当然、戦闘攻撃隊の収容が優先されたが、疾風改の多くが二〇ミリ弾だけでなく、一二・七ミリ弾もほとんど撃ち尽くしていた。

午前一〇時五分には全戦闘機一九二機の収容を完了したが、敵の空襲が終了した午前九時四五分ごろから第一波の攻撃機も上空へ帰投し始めており、一六隻の母艦は続けて第一波攻撃隊の収容に掛かり、それら攻撃機の収容も午前一〇時三〇分には完了した。

第一波攻撃隊は赫々たる戦果をおさめた。しかし、その戦果と引き換えに五二・四パーセントもの攻撃機を失い、母艦へ収容されたのは、疾風改五一機、彗星六六機、天山六三機の計一八〇機でしかなかった。

さらに、江草少佐の姿はもはやなく、帰投機のほとんどがなんらかの損傷を負っている。

「すぐに再発進可能なものは数えるほどしかありません！」

江草機の未帰還はなによりの痛手で、淵田中佐がそう報告すると、有馬少将も肩を落としてうなずくほかなかった。

まとまった数の攻撃機を出すには修理が必要だし、午前一〇時二〇分ごろから第二波の攻撃機も艦隊上空へ帰投し始めていた。

「再攻撃の準備は後まわしとし、第二波攻撃隊の収容を先におこないます！」

淵田がそう進言すると、角田中将は是非もなくこれにうなずいた。

第二波攻撃隊の被害は第一波に比べるとマシだった。が、それでも一一七機の攻撃機が未帰還となっており、こちらの損耗率も四六・四パーセントに達していた。

運良く生還し、母艦に収容された第二波の攻撃機は、疾風改三六機、彗星四八機、天山五一機の計一三五機。第二波攻撃隊の収容もほどなくして午前一〇時五〇分には完了したが、VT信管の威力はすさまじく、こちらも帰投機の多くが損傷を負っていた。

午前一一時前のこの時点で空母一六隻の艦上に在る航空兵力は、基地から移動して来た烈風をふくめて疾風改二一〇機、烈風六九機、彗星一一四機、天山一一四機、二式艦偵一八機の計五二五機となっていた。

第二波も多くの機が修理を必要としており、帰投機にもう一度、爆弾や魚雷を装着するのに、すくなくとも一時間は掛かる。

そのことをふまえた上で、淵田が角田中将に進言した。

「第三波攻撃隊の出撃準備がととのうのは、午後零時三〇分ごろとなります」

「うむ。できるだけ急いでもらおう」

淵田は即座にうなずき、各空母と連絡を取って第三波の準備を急がせた。

それが終わると淵田は索敵を進言し、角田中将もただちにその必要性を認めた。

午前一一時ちょうど。雲龍および飛龍型空母五隻からそれぞれ二機ずつ、計一〇機の二式艦偵が東方の索敵に飛び立ってゆくと、角田はあらためて淵田に確認した。

「航空参謀。第三波にはどれほどの兵力を準備できるかね？」

淵田はすこし考えてから答えた。

「……わが機動部隊が残存の敵空母から再攻撃を受ける可能性はかなり低いとみます」

　そう前置きした上で淵田は、闘志満々となって角田中将の質問に答えた。

「疾風改をおおむね攻撃に使い、戦闘機一二〇機余りと、攻撃機は、彗星、天山を合わせて一二〇機ちかくを、第三波攻撃隊として出す予定にしております！」

　角田はこれにうなずくと、もう一度だけ念を押して訊いた。

「くどいようだが、午後零時三〇分には第三波を出せるね？」

「はい。現在、修理を急いでおりますが、とくに彗星や天山の機数は約半数にしぼっておりますので、その時刻にはまちがいなく、第三波攻撃隊を発進させられます！」

　淵田がそう断言すると、角田も満足げにうなずいてみせた。


　いっぽう、オアフ島でも攻撃隊の出撃準備が急がれていたが、基地からの再発進はそう簡単ではなかった。

　多くの攻撃機を発進させたヒッカム飛行場やエヴァ飛行場の被害は深刻で、本日中の復旧は不可能となっていた。そのため米軍機動部隊を空襲した攻撃機の多くをホイラー飛行場で収容しなければならず、ホイラーの滑走路は帰投して来た陸海軍機でごった返していた。

　ホイラーには基地上空での防空戦を戦い終えた疾風八一機がすでに駐機しており、そこへ、零戦六六機と爆撃機、攻撃機など合わせて一四四機が所狭しと着陸して来た。

　使える滑走路は半面ほどしかなく、収容にたっぷり一時間半ほど掛かって、着陸が完了したのは午前一一時一〇分ごろのことだった。

それはよかったが、壹岐少佐の一式陸攻をふくめてオアフ島上空までたどり着けなかったものも九機ほどあり、帰投機のほとんどがなんらかの傷を負っていたのは、オアフ島基地航空隊でも同じことだった。

そして、帰投機の約半数が〝再発進不能〟と判定され、出撃可能なものを選別して爆弾やガソリンの補充作業を開始したが、疾風はやはり防空用として残すことになり、結局、準備できたのは零戦三六機と彗星、天山が一二機ずつ、それに一式陸攻九機と銀河一八機、飛龍一二機の計九九機にしか過ぎなかった。

とくに一式陸攻の被害は著《いちじる》しく、旧式化しつつある同機はもはや、搭乗員から〝空飛ぶ棺桶《かんおけ》〟と揶揄《やゆ》されても仕方がなかった。乗員が七名と多いため、人的損失も大きい。

「第二次攻撃隊の発進は午後一時となります」

第一航空艦隊参謀長の大林末雄少将がそう進言すると、戸塚中将は口をすぼめながらも、これにうなずいたのである。

2

残存の米空母は出撃させた第一次攻撃隊をぜひとも迎えにゆく必要があった。

午前九時。第五八機動部隊の指揮を継承したモンゴメリー少将は、すべての日本軍機が上空から飛び去ると、作戦可能な空母五隻に対して西進を命じた。

米軍攻撃隊のとくに第二群は、戦闘攻撃隊から不意撃ちを受け、連合艦隊の上空へ到達する前にもどって来るものが多かった。

第二群の攻撃機は午前九時五〇分ごろからバラバラと空母「バンカーヒル」などの上空へ帰投し始め、大小五隻の空母は西進しながら、午前一〇時五〇分まで帰投機の収容を続けた。

モンゴメリー機動部隊はこの時点で日本軍機動部隊の東方およそ一八八海里の洋上まで前進していたが、それでも味方攻撃機のすべてを収容することはできなかった。

最後に空母「翔鶴」「瑞鶴」を空襲した第二群の攻撃機二〇機ほどは、結局、味方機動部隊の上空までもどることができず、サンガモン級護衛空母三隻で収容されることになった。

サンガモン級の「スワニー」はすでに沈没していたが、残る護衛空母一三隻や高速戦艦八隻なども終始、機動部隊と行動をともにしており、スプルーアンス大将が陣頭指揮を執っていた。

そして、午前一〇時五〇分に味方攻撃隊の収容をひととおり終えると、レイモンド・A・スプルーアンス大将は潔く敗北を認め、麾下《きか》全軍に東への撤退を命じたのである。

ミッチャー中将が満を持して出撃させた第一次攻撃隊だったが、日本軍の空母三隻を撃破したにとどまり、ひいき目に見てもせいぜい敵空母二隻を沈めたにすぎない。残る日本の空母が再攻撃を仕掛けて来るのは必至であり、これ以上、戦いを続けても味方の損害が増えるばかりで、ハワイを奪還できる見込みはなかった。

それにしても日本の連合艦隊はまるで付け入る隙《すき》を見せなかった。その点、敵ながらあっぱれであり、そもそも、オアフ島敵航空隊の懐へ飛び込みつつ、有力な日本軍機動部隊とも戦う、という作戦自体に無理があったのだ。

日本の連合艦隊は、第五艦隊が三ヵ月掛けて大西洋から太平洋へ移動しているあいだに、きっちりと空母の数をそろえて、搭乗員の練度向上にも努めていたのだから、まるで付け入る隙がなかった。それでもオアフ島に対する先制攻撃が成功しておれば、今ごろ互角以上の戦いを演じていたにちがいないが、日本軍は抜かりなく基地機を上空へ舞い上げていた。

さらに敗因を挙げれば、味方艦載機の巡航速度の遅さや航続距離の短さも足をひっぱったといえるだろう。巡航速度がもっと早ければ、基地から来襲した日本軍機の半数ほどは地上で撃破できていたかもしれない。

——いずれにしても、われわれは負けるべくして負けたのだ！

スプルーアンスはそう断じざるをえなかった。

あるいはミッチャーが攻撃を仕掛けず〝味方が防衛戦に撤していたら……〟という考えもあるだろうが、その場合でも味方艦隊上空を護る戦闘機は一二〇機ほど増えていただけにすぎず、エセックス級空母がさらに二隻ほど助かっていた程度の結果に終わっていただろう。しかし防衛に徹すれば日本の空母を一隻も撃破できないのだから、得失はゼロで結果に大きな差はない。

ミッチャーの所為《せい》ではなく、またスプルーアンス自身の所為でもなく、作戦自体にはじめから無理が生じていたのであり、味方は負けるべくして負けたのだった。

——おそらく、パナマ運河を封鎖されてしまったことが、最大の敗因だろう……。日本軍はこの三ヵ月のあいだに、空母の数を着実に増やしていたのだ……。

さしものニミッツやスプルーアンスも、連合艦隊が確立した勝利の方程式に頭を痛め、オアフ島日本軍航空隊の懐へ飛び込みつつ〝有力な日本軍機動部隊を退ける〟という、出題された方程式に明確な解答を出せなかったのである。

幸いにして、この一時間三〇分余りで空母「バンカーヒル」の速力は二九ノットを出せるまでに回復し、空母「フランクリン」の速力も二八ノットまで回復していた。

作戦の中止を決めた以上、虎の子の高速空母をこれ以上危険にさらす必要はなく、スプルーアンスはモンゴメリーに対して、東方へ向けて全力で退避するように命じた。

けれども鈍足の護衛空母は、簡単には撤退できない。最大でも一九ノット程度しか出せず、西へ置いてきぼりを喰うことになる。

――護衛空母を敵方へ置き去りにするのは、どうにも忍びない……。

みずからの命令で前線へひっぱり出したという思いが強く、スプルーアンスにはどうしても護衛空母を見捨てることができなかった。

スプルーアンスは、「ニュージャージー」以下の戦艦八隻を護衛空母群の護りに残し、速力一八ノットで東へ退避することにした。

いっぽう、帰投機の収容を終えたモンゴメリー少将麾下の空母五隻は、速力二八ノットで東進し始めたが、艦載機の発着艦機能を喪失し、速力が一六ノットに低下していた軽空母「インディペンデンス」は独り置いてきぼりを喰い、西へ取り残されてしまった。「インディペンデンス」はやがて護衛空母群にも追い付かれ、正午にはそこからも脱落し始めた。

そして、正午過ぎには第五艦隊の上空へ早くも日本軍の偵察機が現れ、護衛空母群や「インディペンデンス」のみならず、「バンカーヒル」以下の高速空母五隻もまた、同機によって発見されてしまった。

米空母群を再発見したのは午前一一時過ぎに空母「葛城」から発進していた二式艦偵だった。

同機の報告によると、正午過ぎの時点で、大型空母二隻をふくむ米空母五隻が、角田機動部隊の東およそ二二〇海里の洋上を東進しており、その後方およそ一五海里にも一〇隻以上の小型空母が続いている、ということが判明した。

ちょうどそのとき、帝国海軍の空母一六隻は攻撃隊の準備を急いでおり、角田中将は淵田中佐の進言を容れて、周知のとおり、午後零時三〇分に第三波攻撃隊を出そうとしていた。

対するスプルーアンス大将は、日本軍偵察機に発見されたことを知り、いよいよ敵艦載機による二次攻撃を覚悟したが、すでに作戦中止を決めていたスプルーアンス司令部の方針とは裏腹に、ニミッツ大将の太平洋艦隊司令部から旗艦「ニュージャージー」に対して、その決定とはまったく相反する命令電がいつになく強い口調で送られて来たのだから、さしものスプルーアンスもにわかに仰天せざるをえなかった。

『第五艦隊は即刻東進を止め、天佑神助《てんゆうしんじょ》を信じてオアフ島へ迫り、「ハワイ奪還作戦」を継続せよ！これは大統領命令である！』

スプルーアンスは、これほど不合理な命令をかつて受けたことがなかった。大将であるスプルーアンスはみずからの判断で作戦中止を決定できるはずだった。

味方機動部隊は一〇隻もの高速空母を失ったばかりか、指揮官のミッチャー中将までもがすでに戦死してしまっている。スプルーアンスの常識では、空母一〇隻の喪失だけでも充分、作戦中止の理由になるはずだった。

いや、味方機動部隊の敗北が決定的なこの状況下で、「ハワイ奪還作戦」をなおも継続しようとする指揮官がいるとは、スプルーアンスにはとても思えなかった。

――ニミッツ提督の頭から出た発想では、決してあるまい……。

ニミッツ大将の命令だとしたら、スプルーアンスはあくまで異議を唱えていただろう。

しかしそうではなく、命令電の最後に〝これは大統領命令である！〟と、わざわざ念が押されている。

これは、純粋な軍事上の判断によって出された命令ではなく、きわめて高度な政治判断にもとづいて出された命令か、もしくは、すこぶる貪欲な権力欲にもとづいて出された命令の、どちらかにちがいなかった。

――大勢はもはや決しているのに、若い兵士の命をさらにすりつぶしてまで、白黒をはっきり付けろというのか!? もし作戦継続命令が、権力欲にもとづいて出されたものだとすれば、人命軽視もはなはだしい！

しかし、ニミッツ提督もスプルーアンス自身も大統領の承認によって〝大将〟の地位をあたえられ、艦隊をあずかっているのだ。そして第五艦隊司令長官の職を引き受けた以上、こうした事態におちいった場合の軍人としての覚悟は、スプルーアンスにもとっくに出来ていた。

――よし、大統領命令だと言うなら、「ニュージャージー」艦上でいっそ討ち死にしてやる！

しかしスプルーアンスには、これが〝貪欲な権力欲にもとづいて出された決定だ〟ということが透けてみえる。そのことが一アメリカ国民として残念でならなかった。

日本政府が戦争終結に関するシグナルというかサインを、イギリス政府を通じて合衆国政府に打診して来ていたという事実は、スプルーアンスも知っていた。

――日本は戦争を止めたがっている！　これ以上日本と戦うのはムダじゃないか！　……この期《ご》に及んで〝四選〟をもくろむなど、権力欲に毒された思い上がりとしか思えない！

二選が限度。四選とは腰が抜けそうだが、大統領はアメリカ陸海軍の最高指揮官である。

フランクリン・D・ルーズベルトはいうまでもなく民主党だが、その政敵である共和党が、四期も大統領をやろうとするのは「思い上がりもはなはだしい！」と主張して、このところルーズベルトを追い詰めていた。また、共和党は「日本とは講和すべきだ！」とも主張しており、ルーズベルトはその主張を封じるために「ハワイ諸島を必ず奪還してみせる！」と豪語していた。

そして、任期中（三期目）にハワイを奪還するには、ルーズベルトにとってはこれが最後のチャンスとなっていた。六月には民主党内の予備選挙があり、ルーズベルトはまず、それに勝つ必要がある。また、一一月には本選挙があるが、パナマ運河を封鎖されたのが致命的で、同程度の空母戦力をそろえて太平洋へ移動させるには、再び二年ちかくも掛かってしまうのだ。

二年も経てば、日本も当然、同じように空母をそろえて来るので、まさにイタチごっこ。

現職大統領のルーズベルトが〝オアフ島へ向けて突っ込め！〟と命じている以上、これには何人《なんぴと》たりとも抗することができない。むろんニミッツ大将といえども例外ではなく、スプルーアンスとしては、もはや覚悟を決め、軍人としての務めを果たすしかなかった。

「……撤退は中止だ」

ムリニクスもすでに電文を見ている。

ムリニクスが是非もなくうなずくと、スプルーアンスが諮った。

「オアフ島を奪還する必要がある！　成功の可能性は万に一つもないだろうが……、なにか考えはあるかね？」

ムリニクスは沈思黙考してから、つぶやくようにして言った。

「本来は撤退すべきですが……、われわれに有利な点が一つだけございます」

「ほう、……なにかね？」

目をほそめながらスプルーアンスが問いなおすと、ムリニクスが言った。

「わが戦艦八隻はいずれも一九四一年（昭和一六年）以降に竣工した新鋭艦ばかりです。しかし日本軍には、一九四一年以降に竣工した新型戦艦が二隻しかございません」

日本軍の新型戦艦二隻とは、いうまでもなく「大和」「武蔵」のことである。

「ああ、そのとおりだ」

スプルーアンスがうなずいてみせると、ムリニクスはいよいよ主張した。

「日本軍は一〇隻の戦艦を出撃させているようですが、そのうちの八隻はワシントン軍縮条約以前に建造された旧式艦ですから、砲戦に持ち込めばわがほうが有利です！」

ムリニクスがそう考えるのは当然だった。アメリカ海軍の戦艦八隻が装備する主砲はすべて一六インチ（四〇・六センチ）砲で、レーダーや射撃装置なども最新式のものを備えている。

これに対し、日本の戦艦一〇隻のなかで一六インチ以上の主砲を装備しているものは四隻しかなかった。戦艦「大和」「武蔵」「長門」「陸奥」の四隻だが、ムリニクスは大和型戦艦の主砲が四六センチ（一八インチ）砲であることを知らない。いや、アメリカ海軍でその事実を知る者はだれもおらず、スプルーアンスも「大和」「武蔵」が一八インチ砲搭載艦であるとは知らなかった。

「ああ。大口径砲の数では、わがほうが日本軍を圧倒している！」

スプルーアンスが即座にうなずくと、ムリニクスはさらに力説した。

「しかも、わが戦艦八隻はすべて二七ノット以上の速力を発揮できますが、敵戦艦の約半数は二五ノット程度の速力しか発揮できません！」

ムリニクスやスプルーアンスは、長門型以下の日本軍・旧式戦艦が改装工事を完了し、最大速度が二九ノット程度に向上している、という事実を知らなかった。

「ああ、速度差を活かし、優位な態勢で砲撃戦を挑める可能性が高い。……なるほど。敵戦艦群をまず駆逐してしまい、それからオアフ島に艦砲射撃を加えて、敵飛行場をことごとく火の海にしてやろう、というのだな？」

スプルーアンスが先回りしてそう訊くと、ムリニクスもいよいようなずいた。

「おっしゃるとおりです！　二一ノット程度しか出せない水陸両用部隊の旧式戦艦ではオアフ島に近づくのも困難ですが、わが戦艦八隻は高速艦ぞろいですから、明朝までにオアフ島の敵飛行場を使用不能におとしいれるのも、決して不可能ではありません！」

それはそのとおりだが、問題は日本軍機動部隊の存在だった。

スプルーアンスはうなずきながらも、その点を指摘した。

「だが、日没まであと六時間以上もある。敵機の空襲を上手く凌《しの》げるかね？」

するとと、ムリニクスは眼をそばめ、吐き捨てるようにして言った。

「ですから、大統領の命令でなければ本来は引き揚げるべきところです！　……戦艦部隊の突入を成功させるために、ここは空母を犠牲にせざるをえないでしょう。空母が存在する限り、日本軍艦載機は戦艦よりも必ず空母のほうを先に攻撃して来ます！」

これが結論だった。もはやその手しかなさそうだが、しかし、まだ疑問が残る。

「ということは、モンゴメリーの高速空母群にも反転を命じ、西進させるのだな？」

スプルーアンスが即座にそう問いただすと、これにはムリニクスもじっくり考えてから、慎重に答えた。

「……いいえ。悩ましいところですが、モンゴメリー部隊は引き続き東進させておき、夕刻に西への反転を命じましょう」

「どうしてかね？　戦艦の突入を容易にするために、空母を囮《おとり》にするのではないのかっ？」

スプルーアンスはにわかに首をかしげたが、航空を専門とするムリニクスは、さすがに洞察力のある答えをした。

「モンゴメリー部隊もまた、敵偵察機によって発見されたようですから、日本軍攻撃隊はおそらく主力空母をふくむモンゴメリー部隊を〝主敵〟とみなして、その攻撃に多くの攻撃機を割いて来るでしょう。いま反転を命じますと、敵機を迎えにゆくようなものですから、モンゴメリー部隊は引き続き東進させておき、来襲するであろう敵機に長距離飛行の負担を強いるべきです」

「……なるほど。それでも大半の敵機が『ニュージャージー』や護衛空母の上空を素通りし、モンゴメリー部隊の攻撃に向かうというのだな？」

「おっしゃるとおりです。そして、わが戦艦八隻や護衛空母群も午後三時までは引き続き東進しておきましょう。こちらの企図をなるべく悟られぬようにするためです。……午後三時を期して西へ反転すれば、明日・未明には必ずオアフ島に艦砲射撃を実施できるはずです」

これを聞いてスプルーアンスもいよいようなずいたが、スプルーアンスはさらにもうひとつだけ確認した。

「よし！　それでよいが、『インディペンデンス』はどうする？」

たしかにその問題が残っていた。

軽空母「インディペンデンス」はすっかり戦闘力を喪失しており、艦上には今、一機も搭載していなかった。周知のとおり速力も一六ノットまで低下している。

ムリニクスはうなずきつつ即答した。

「そうでした。もはや『インディペンデンス』は完全に戦力外ですから、同艦のみは日没後も引き続き東進させて、作戦とは関係なくサンディエゴへ撤退させるべきです。……駆逐艦一隻を護衛に付けます」

まったく同感で、スプルーアンスはこれにも大きくうなずいたのである。

3

スプルーアンス大将の直率する第五艦隊の上空へ、日本軍の第三波攻撃隊が来襲したのは午後二時過ぎのことだった。

そのおよそ三〇分前から戦艦「ニュージャージー」のレーダーが日本軍攻撃隊の接近をとらえており、第五艦隊上空ではすでに、七二機のワイルドキャットとヘルキャット二〇八機が迎撃態勢をととのえていた。

ワイルドキャットはすべて護衛空母から飛び立ったもので、ヘルキャットはすべてモンゴメリー部隊の高速空母から飛び立っていた。

この時点でモンゴメリー少将の率いる空母五隻は、日本軍機動部隊の東（微北）およそ二七五海里の洋上まで退いており、スプルーアンス大将の直率する戦艦八隻や護衛空母群は、その後方（西方）およそ三五海里に位置していた。

日本軍・第三波攻撃隊は疾風改一二六機、彗星六三機、天山六三機の編成で、予定どおり午後零時三〇分を期して発進していたが、二八〇機もの米軍戦闘機から迎撃を受け、予想外の苦戦を強《し》いられた。

米軍戦闘機はガソリンや銃弾をたっぷりと補充し、パイロットもみな、三時間余りの休息を得た上で再発進していたので、すっかり息を吹き返していた。

しかも、スプルーアンス本隊近くの上空で米軍戦闘機から迎撃を受けたため、日本軍攻撃隊は眼下の洋上に戦艦や護衛空母などを発見していたものの、めざすエセックス級米空母はいまだ視界にとらえていなかった。

――この先（東）に必ず大型空母二隻が存在するはずだ！

第三波の搭乗員はみな、そう信じて飛び続けていたが、モンゴメリー部隊は実際には一時間ほど前に北寄りに変針しており、このあと第三波攻撃隊は一〇分以上にわたって東進し続けたが、ついに本命の大型空母を見逃してしまう。

米軍戦闘機の迎撃によって刻一刻と攻撃機が減ってゆくし予定どおり二七〇海里の距離を前進したが、攻撃半径が二七〇海里を超えると、疾風改の帰投が難しくなる。そのため、第三波攻撃隊はかれらは攻撃目標を変更せざるをえず、エセックス級空母への攻撃をあきらめて眼下の護衛空母へ襲い掛かった。

しかし、そのときにはもう、残る攻撃兵力は彗星三九機、天山三三機の合わせて七二機となっており、第三波攻撃隊は、三隻の護衛空母に対して爆弾九発と魚雷六本を命中させて、カサブランカ級の「ミッションベイ」「マニラベイ」「セントロー」をきっちり海上から葬り去った。

午後二時四五分には空襲が止み、上空から日本軍機が引き揚げて行ったが、アメリカ第五艦隊の受難はさらに続いた。

午後三時ちょうど。第三波攻撃隊と入れかわるようにして、ホイラー基地から発進したオアフ島の第二次攻撃隊が第五艦隊の上空へ来襲し、再び空中戦が始まった。

そのとき、上空を護る米軍戦闘機はヘルキャット、ワイルドキャットを合わせて二一〇機にまで数を減らしていたが、ホイラー基地発進の第二次攻撃隊には戦闘機が零戦三六機しか随伴しておらず、日本軍攻撃隊はなんと出撃兵力の八〇パーセントを超える、八一機もの攻撃機を撃墜もしくは撃退されてしまった。

およそ一五分に及ぶ空戦で、残る兵力は零戦三機、銀河九機、飛龍六機の計一八機となっていたが、それら一八機はいずれも三五〇海里以上の攻撃半径を有しており、北東へ離れた洋上に二隻のエセックス級空母をついに発見した。

一八機の進出距離はすでに三一〇海里ちかくに及んでいたが、それから約一〇分にわたる攻撃で銀河爆撃隊が空母「フランクリン」に直撃弾一発と至近弾一発をあたえ、同艦の速度を再び二一ノットまで低下させて、「フランクリン」をいよいよ撤退に追い込んだ。

いっぽう、闘志満々の角田中将は第三波の攻撃だけでは飽き足らず、収容した攻撃機の修理を急がせて、午後二時ちょうどにも疾風改三六機、彗星一八機、天山一八機の計七二機に追加で発進を命じていた。

追い撃ちとなる第四波攻撃隊だが、それら七二機が米艦隊上空へ達した午後四時前にはもう、モンゴメリー部隊は三三〇海里以上の遠方へ退いていたため、「フランクリン」にとどめを刺すことはできなかった。

ただし、第四波攻撃隊の出撃は決してムダではなく、同隊は疾風改一八機と彗星、天山六機ずつを失いながらも、洋上で孤立していた軽空母「インディペンデンス」を発見し、同艦に集中攻撃を加えてこれを轟沈《ごうちん》した。

はたして、太陽は西へすっかり傾き、五月一日の長い戦いがようやく終わろうとしていた。

最後に「インディペンデンス」を沈めた第四波の疾風改一八機と彗星、天山一二機ずつも、午後六時には角田機動部隊の上空へ舞いもどり、日没までにきっちりと収容された。

結局、この日の戦いで、連合艦隊はエセックス級空母六隻、インディペンデンス級軽空母五隻の計一一隻を沈めることに成功し、日本側のだれもが、もはや米軍機動部隊を〝撤退に追い込んだにちがいない！〟と確信していた。

ところが、帰投中の第四波攻撃隊から午後四時半ごろに解せない報告が入っていた。

『戦艦をふくむ敵艦隊の一部がオアフ島へ向けて西進しつつある！』

空母「大鳳」の艦橋では、角田中将だけでなく有馬少将や淵田中佐も、万一この報告が正しいとしても、敵艦隊の一部が〝対潜警戒のために一時的に疑似針路を執っているのだろう……〟とその程度にしか考えていなかった。が、米艦隊が西へ反転していたのは、承知のとおり対潜警戒による疑似行動などではなかった。

ホイラー基地発進の第二次攻撃隊が午後三時ごろに上空へ来襲したため予定より三〇分後れての反転となったが、スプルーアンス大将は午後三時三〇分を期して、戦艦八隻とその随伴艦にオアフ島へ向けての反転、突撃を命じていた。

むろん大統領命令に従ってオアフ島の日本軍飛行場に艦砲射撃を実施するためであり、レーダーに映った日本軍攻撃隊（第四波）が西へ遠のいてゆくと、スプルーアンス大将は午後四時四五分を期して、残存の護衛空母一〇隻だけでなくモンゴメリー少将麾下の四空母「バンカーヒル」「サンジャシント」「モントレイ」「キャボット」に対しても西進を命じていた。

「夜を利して空母一四隻を、明朝オアフ島の東方八〇海里の洋上まで前進せしめよ！　戦艦部隊は午後七時（薄暮終了時）までは速力二六ノットでオアフ島へ向けて突進、夜間も速力二四ノットで前進し続ける！」

これに、ムリニクスがすぐさま応じた。

「わが戦艦群は二日・未明、午前一時三〇分にはオアフ島を砲撃可能な距離にとらえます！」

それを聞くやスプルーアンスはいつになく険しい表情となり、しずかに〝よし！〟とうなずいてみせたのである。

戦いはなおも続く。

日没後、海が次第にうねり始め、奇しくもオアフ島近海では〝天気晴朗なれど波高し〟の状態となっていた。

第八章　オアフ島沖海戦

1

敵艦隊の一部とりわけ敵戦艦が〝西進しつつある！〟との報に接して、機動部隊司令部とは異なり、山口大将の対応はすばやかった。

角田司令部が艦載機のやり繰りや修理に〝忙しいのだろう……〟とみた山口は、布哇方面艦隊とただちに連絡を取り、小沢中将に対して飛行艇による索敵を依頼した。

軽空母「インディペンデンス」を沈めて帰投中の第四波攻撃隊から旗艦「武蔵」に連絡が入ったのは午後四時三〇分過ぎのことだったが、いまから艦偵や艦攻で索敵をおこなうと、その収容が夜間となって〝機動部隊に余計な負担が掛かる〟とみた山口は、夜間飛行が朝飯前の飛行艇で索敵をおこない、にわかに西進し始めた米艦隊の意図を確かめることにした。

連合艦隊から依頼を受けた小沢は、即座に戸塚司令部と連絡を取り、午後四時四二分にまずカネオへ基地から二機の二式飛行艇が発進し、続いて午後四時五〇分にはフォード島基地からも四機の九七式飛行艇が索敵に飛び立った。

すると午後五時五五分。発進してから一時間余りで、二式飛行艇のうちの一機が、洋上西進中の敵戦艦群をあっさりと発見した。

『敵艦隊見ゆ！　戦艦八隻、巡洋艦一〇隻、駆逐艦一〇隻以上。敵艦隊はオアフ島の東北東およそ一九五海里の洋上を速力・約二五ノットでオアフ島へ向け突進中！』

二式飛行艇の報告はきわめて正確で、実際に西進しつつあったアメリカ戦艦部隊はリー中将の火力支援群を主力としており、そこへ第三、第四空母群の重巡二隻、軽巡四隻、駆逐艦四隻を加えて計三〇隻の陣容となっていた。

オアフ島砲撃部隊指揮官　W・A・リー中将

・戦艦「ワシントン」「ノースカロライナ」
・戦艦「アイオワ」「ニュージャージー」
・戦艦「サウスダコタ」「インディアナ」
・戦艦「マサチューセッツ」「アラバマ」
・重巡「シカゴ」「ソルトレイクシティ」
・重巡「ミネアポリス」「ポートランド」
・軽巡「アトランタ」「ジュノー」
・軽巡「クリーブランド」「サンファン」
・軽巡「オークランド」「セントルイス」
・駆逐艦一二隻

オアフ島近海までの進軍は戦艦「ニュージャージー」に座乗するスプルーアンス大将が全軍の指揮を執るが、砲撃作戦開始後はウィリス・A・リー中将が戦艦「ワシントン」艦上から指揮を執ることになっていた。

現在は軽巡「アトランタ」「ジュノー」と駆逐艦四隻が露払いとして先行しており、その後方へ主隊の戦艦八隻が単縦陣で続き、残る重巡四隻、軽巡四隻、駆逐艦八隻が主隊の左右へ均等に分かれて、戦艦列の側面を固めながら航行していた。

進軍速度は時速二六ノット。かなりの速度でオアフ島をめざすため、鈍足の護衛空母を部隊に加えることはできない。夜間も二四ノットを維持し続ける必要があり、作戦に参加する兵力を三〇隻に限定していた。

旗艦「ニュージャージー」も戦艦の二番手で疾走中だ。艦の動揺は相当に激しく、舳先《へさき》や舷側にも大きな波が立っている。

それら米戦艦群が一直線にオアフ島をめざして来るのだから、二式飛行艇の乗員らもただならぬ気配を感じていた。電信員が、敵艦隊はオアフ島へ向け〝突進中！〟と打電しているのが、そのことを象徴していた。

太陽はもはやすっかり西へ傾いているが、空はまだ明るい。味方飛行艇が誤報を発するはずもなく、山口は瞬時に悟った。

——米戦艦が群れを成し、オアフ島に夜間砲撃を実施しようとしている！

そう直感するや、山口の頭に突如として〝「大和」「武蔵」の砲力を試してみたい！〟という思いがふつふつと湧いてきた。

いや、敵機動部隊を退けたのだから、夜明けを待って味方艦載機で敵戦艦を空襲すれば事足りるはずだが、なぜだか血が騒ぎ、高ぶる感情を抑えきれない。

もはや理屈では説明できないが、山口は〝受けて立つ〟ための理由を探している自分がふしぎでならなかった。

「……わが機動部隊もこれまでの戦いで、相当に艦載機を消耗しているな……」

山口が突然そうつぶやくと、矢野参謀長は半信半疑ながらも応じた。

「はい。しかし、それでも四〇〇機以上は出撃できるはずです」

「だが、修理が必要だろうし、これ以上、航空隊ばかりに戦《いくさ》を任せておいてよいものか？　優秀な搭乗員をさらに失うことになる」

矢野は戸惑いながらも返した。

「……けれども、艦載機の修理は翌朝までに大方終わるでしょうし、敵戦艦は空母の護衛を伴わずまるハダカの状態です」

「しかし、翌朝までにオアフ島の飛行場を破壊されてしまうと、厄介なことになる。……艦砲射撃で飛行場をことごとく破壊されてしまうと、ミッドウェイ方面から機材の補充を受けるのも困難になるだろう」

山口はなおもそう抗弁《こうべん》したが、矢野も負けずに首をかしげた。

「……それはそうですが、見通しの利かない夜間砲撃です。敵は、すべての飛行場を叩きつぶせるでしょうか？」

「……不可能ではあるまい！」

山口が語気を強めて、そう言い切ると、矢野はにわかに目をまるめて閉口した。

このままでは、議論は平行線だが、矢野はひとつ息を吐いてから、山口の考えを確かめるためにあえてつぶやいた。

「……わが戦艦にも突撃を命じますか？」

すると山口は、矢野が反対なのをわかった上で言い切った。

「その必要があるだろう！」

これを聞いて、矢野のほうも〝長官は砲撃戦を挑みたいのだ！〟と確信した。けれども、それを止めるのがみずからの役目だ。

いや、すくなくとも矢野自身は止めるのがみずからの務めだと信じていた。

「ですが、いくら飛行場を破壊されても敵がすぐに上陸して来るわけではありませんから、わが機動部隊の艦載機で空襲すれば、敵戦艦は恐れをなして退散してゆくでしょう。……敵戦艦群はまるハダカの状態ですから、空襲を防ぐ手立てがないのです」

矢野の言うとおりだった。戦艦を主力とする米艦隊がもし上陸船団を伴っておれば、二五ノットもの速力でオアフ島へ近づいて来られるはずがない。また、そうした船団が居ない、ということは飛行艇の報告でもあきらかだった。

オアフ島周辺の制空権は味方が完全に掌握している。山口の考えはどうみても破綻しており、山口自身もそれを認めざるをえなかった。

山口が口をつぐみ、突撃命令が出されることはなかった。

ところが、それから二〇分と経たずして事態が一変した。

午後六時一二分。先の二式飛行艇がオアフ島の東北東およそ二四五海里の洋上に、敵の護衛空母群を発見し、それら空母一〇隻からなる敵艦隊も速力・約一八ノットでオアフ島へ近づきつつあるというのだ。

いや、それだけではない。

続いて午後六時三〇分。もう一機の二式飛行艇もオアフ島の東北東（微北）およそ二八八海里の洋上に、今度は一隻の大型空母をふくむ、空母四隻からなる敵艦隊を発見して、こちらも速力・約二五ノットでオアフ島へ向かいつつある、というのだった。

午後六時二八分には日没を迎えていたが、周辺洋上ではなおも薄暮の状態が続いていた。

オアフ島へ近づきつつあると報告された米空母は全部で一四隻にもなる。そのうちの大半は護衛空母にちがいないが、二機からの報告を受け、山口が再び口を開いた。

「おい！　敵戦艦はまるハダカじゃないぞ！　ほとんどが改造空母だろうが、一四隻もの敵空母が後方からやって来る！」

そのとおりで、今度は矢野のほうが口をつぐんでしまった。

無理もない。山口をはじめ連合艦隊のだれもが先ほどまで〝敵機動部隊は撤退したもの〟と思い込んでいた。ところが、戦艦ばかりでなく敵空母もまた、オアフ島へ近づきつつあるというのだから、矢野が閉口するのは無理もなかった。

山口がすかさずたたみ掛ける。

「敵は明朝、空母から戦闘機を放って戦艦の上空を護ろうというのだ。敵戦闘機はおそらく二〇〇機以上、いや、空母が一四隻だから三〇〇機以上の敵戦闘機が現れてもおかしくはない！」

矢野もこれにはうなずかざるをえなかった。

山口がさらに続ける。

「それでも敵戦艦の一隻や二隻は撃破できるかもしれないが、わが機動部隊はさらに艦載機を消耗し、二の矢を継げなくなるぞ！」

その可能性は大だった。これを否定できず、矢野もついに口を開いた。

「……わかりました。なるほど長官のおっしゃるとおりでしょう！　わが戦艦部隊でオアフ島の東海岸沿いに立ちふさがり、敵戦艦の砲撃を阻止しましょう！」

万一砲撃戦が生起した場合の方針はあらかじめ決められてあった。

第二艦隊長官の宇垣纏中将が砲撃戦の指揮を執り、第一、第二、第三艦隊の全駆逐艦・四八隻のうちの半数を空母群の護りに残して、それ以外の巡洋艦一二隻や駆逐艦二四隻をすべて戦艦とともに砲撃戦に参加させるのだ。

ただし「武蔵」には、連合艦隊の直属部隊として第一〇戦隊の軽巡二隻と駆逐艦四隻が常に付き従っている。そのため砲撃戦に参加する艦艇の総数は、「大和」「武蔵」以下の戦艦一〇隻と、重巡九隻、軽巡五隻、駆逐艦二八隻の計五二隻ということになる。

「参謀長のお許しがようやく出たようだ……」

山口がそう皮肉ると、矢野は口をすぼめながらもうなずいた。

それを見て、山口が命令を発する。

「第二戦闘（砲戦）序列！　主隊（砲撃戦参加部隊）は、オアフ島・モカブ岬の沖合い三〇海里の洋上をめざし、速力一八ノットで進撃せよ！　別動隊（空母一六隻および駆逐艦二四隻）はホノルルの北方八〇海里の洋上で翌朝まで遊弋《ゆうよく》し続けるべし！　モカブ岬沖の集結点到達後は、第二艦隊長官が砲戦の指揮を執れ！　以上だ！」

山口大将の命令はただちに連合艦隊麾下《きか》の全艦艇に伝わり、戦艦一〇隻を主力とする山口大将の主隊は、まずはオアフ島・北東端のカフク岬沖をめざして速力一八ノットで進撃し始めた。

それが一日・午後六時四五分のこと。めざすモカブ岬沖の集結点までは七〇海里ほどしか離れておらず、連合艦隊主力は敵に先んじてオアフ島の東岸沖へ到達できる。

山口が命令を発してからおよそ一五分後の午後七時にはどっぷりと日が暮れた。

そのためスプルーアンス大将はいまだ連合艦隊主力の進軍に気づいていなかったが、敵飛行艇に接触されたことを知るスプルーアンスは、日本の戦艦が当然〝出て来るだろう〟と覚悟して、軍を進めていたのである。

もはや戦いは避けられず、決戦の時は刻一刻と近づいていた。

2

日付けが変わる前にフォード島基地から九七式飛行艇二機と一式陸攻九機が飛び立ち、米艦隊に夜間雷撃を敢行していたが、その攻撃はあえなく失敗していた。

けれども、二機の飛行艇のうちの一機はなおも米艦隊との接触を保ち続けており、適宜《てきぎ》照明弾を投下して、「武蔵」の連合艦隊司令部に時々刻々と米艦隊の位置を知らせて来る。

その報告によると、スプルーアンス大将のオアフ島砲撃部隊は、日付けが変わった五月二日・午前零時の時点でモカプ岬の東北東・約五〇海里の洋上まで軍を進めていた。

米戦艦群はいまだ主砲の射程圏内にオアフ島をとらえておらず、針路を西南西に執って速力二四ノットで直進し続けている。あと一時間三〇分ほどでカネオへ飛行場を砲撃可能になるが、砲撃開始と同時に、リー中将が作戦の指揮を執ることになっていた。

いっぽう、味方飛行艇からの通報を受け、山口大将はただちに突撃を決意した。

「いまだ五〇海里ほどオアフ島から距離が離れております。米艦隊はもうしばらくのあいだ針路を維持し続けるはずです！」

矢野参謀長がそう進言すると、山口はこくりとその進言にうなずき、午前零時二分に突撃命令を発した。

「針路南南東、速力二四ノット！　主隊は午前零時四五分を期して針路を南南西へ執り、敵艦隊に砲戦を挑む！」

午前零時の時点で米艦隊との距離はいまだ四五海里ほど離れていた。そこで山口は、とりあえず南南東への進軍を命じ、敵艦隊との距離を二〇海里（約三万七〇〇〇メートル）程度に詰めてから本格的な戦いを挑むことにした。

午前零時四五分ごろから同航戦に入り、宇垣中将に砲戦の指揮を任せようというのだ。

山口が突撃命令を発すると、戦艦部隊は宇垣中将の旗艦・戦艦「大和」を先頭に立て、残る戦艦九隻が「武蔵」「長門」「陸奥」「山城」「伊勢」「日向」「金剛」「榛名」「霧島」の順で続いた。

戦艦一〇隻が単縦陣で連なり、その前方およそ一万メートルを第一〇戦隊の軽巡二隻と駆逐艦四隻が露払いとして先行している。そして、残る重巡以下の艦艇三六隻は戦艦「霧島」の後方へ二列縦陣となって続いていた。

米艦隊は翌朝までに飛行場を叩きつぶしておく必要があり、必ず西南西の針路を維持してオアフ島へ直進して来る。

そして連合艦隊司令部の計算では、速力二四ノットで南南東へ進軍してゆけば、午前零時四五分には砲撃可能な二〇海里の距離に米艦隊を捕捉できるのであった。

はたして、連合艦隊司令部の読みどおり、スプルーアンス大将のオアフ島砲撃部隊は、その後も直進し続けて、午前零時四五分には日米両艦隊の距離が約二〇海里に縮まった。

　アメリカ戦艦群はオラフ・M・ハストベット少将の旗艦・戦艦「アイオワ」を先頭に立て、その後方へスプルーアンス大将の座乗する「ニュージャージー」が続き、さらに残る六戦艦「ワシントン」「ノースカロライナ」「サウスダコタ」「インディアナ」「マサチューセッツ」「アラバマ」が順に続いていた。

　周知のとおり砲撃戦の指揮はウィリス・A・リー中将が執るが、かれが直率する戦艦「ワシントン」と「ノースカロライナ」は三、四番手で航行し、グレン・B・デヴィス少将の率いるサウスダコタ級戦艦四隻がそれに続いている。

　米戦艦八隻は速力重視のじつに合理的な戦闘序列を敷いており、最も速力に勝るアイオワ級戦艦二隻を先頭に立て、ノースカロライナ級戦艦二隻よりも若干速力に劣るサウスダコタ級戦艦四隻を後詰めとしているのだった。

　いよいよその時が来た。

　先行する第一〇戦隊の軽巡「長良」から通報を受け、「大和」「武蔵」が四六センチ砲を斉射、その弾着によって米側も日本軍戦艦の存在に気づいて、日米両戦艦は弾着観測機をカタパルト発進させつつ一斉に主砲の射撃を開始した。

　探照灯の照射で戦艦「アイオワ」のすがたをとらえた「長良」だったが、敵戦艦の一部が同艦に対しても主砲をぶっ放してきた。そのため第一〇戦隊は観測機が舞い上がると、前路警戒の任務を終えて主隊の方へ反転して行った。

そして、両軍観測機が上空へ舞い上がると、午前零時五〇分ごろから、いよいよ本格的な射撃が始まった。双方の放った主砲弾が中空をひっきりなしに飛び交い、日本戦艦の砲弾がアメリカ戦艦列の近くへ落下して巨大な水柱を上げる。

反対に「大和」「武蔵」の近くでも水柱が林立していたが、宇垣中将は零時四五分を期して変針を命じており、連合艦隊の戦艦一〇隻は零時五二分にはすべて定針、南南西へ向け速力二七ノットで疾走し始めていた。

米艦隊の針路上へ先回りして「T字戦法」に持ち込もうというのだが、リー中将の考えもまったく同じでアメリカ戦艦群もまた、零時四八分ごろには速力二七ノットで疾走し始めていた。

——二七ノットで疾走し続ければ、敵戦艦の半数ほどは徐々に脱落してゆくはずだ！

リーはそう考えたのだが、日本軍旧式戦艦はすべて二九ノット以上の速力を発揮できるようになっている。リー中将の思惑とはちがってたがいにゆずらず、戦いは〝ハの字〟型の同航戦となって双方の距離が次第に縮まっていった。

しかし、折からの波浪で日米の放った砲弾はなかなか的艦に命中せず、午前一時ごろには彼我《ひが》の距離がついに三万メートルを切った。水平線の彼方にいよいよ敵戦艦の艦橋頂部やマストが見え始めたが、両戦艦群とも二七ノットもの速力で疾走し続けており、艦の動揺がよほど激しく、距離が三万メートルを切ってもなお、たがいに命中弾を一発も得ることができない。

そして、距離はさらに縮まり二万七〇〇〇メートルを切ったが、それでも命中を得られず、大和司令部もさすがにあせり始めていた。

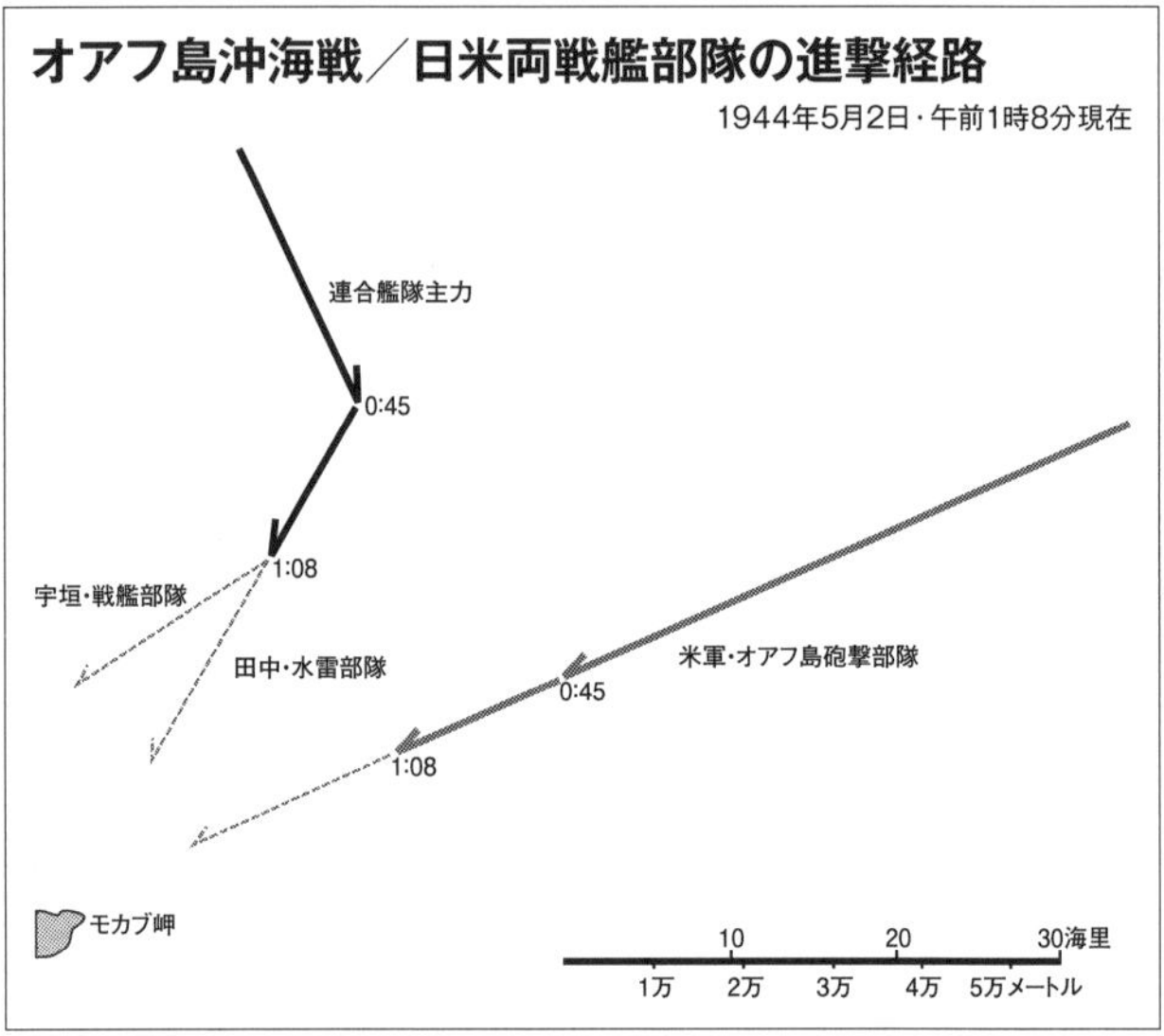

いや、あせっているのはリー司令部も変わらないが、よく考えてみると命中弾を得られないのは何らふしぎではなく、双方の距離が急速に縮まりつつあるのだから、照準の修正を常に強いられて測距が間に合わないのだった。

　本気で命中を期すには最低でも速力を二四ノット程度に落として艦の動揺をもっと抑えるべきだが、たがいに優位な態勢を築こうとしてまったくゆずらない。とはいえ、日米両戦艦群とも速度をこれ以上、上げるわけにはいかなかった。

　日本側は大和型戦艦の速度がすでに頭打ちとなっているし、米側もこれ以上速度を上げると、アイオワ級戦艦のみが前へ突出してしまう。

　こうした状況が〝いつまでも続くのかっ⁉〟と思われたが、その均衡が突如として午前一時八分に破られた。

3

砲戦開始から約二三分後。「大和」「武蔵」の放った四六センチ砲弾一発がついに「アイオワ」の装甲を貫き、敵戦艦の艦上でまばゆい閃光がひらめいた。

それを観て宇垣は〝よし!〟と気合いたっぷりにうなずいたが、およそぬか喜びだった。

直後に「大和」「武蔵」も敵の四〇・六センチ砲弾一発ずつを喰らい、二発命中で被弾を倍返しにされてしまったのだ。

戦艦「ニュージャージー」は無傷でケロリとしているのに対して、「大和」は左舷・高角砲一基を吹き飛ばされ、「武蔵」も後部・二番副砲塔が旋回不能におちいった。

しかし、四六センチ砲弾の破壊力はやはり段違いで、宇垣以上に驚いたのはハストベット少将のほうだった。

――そっ、そんなはずはない!

かれは思わず絶句したが、それもそのはず。戦艦「アイオワ」は、二番煙突近くの装甲をいとも簡単に撃ち抜かれ、四六センチ砲弾が機関上部で炸裂。その衝撃でボイラーの一部を破損し、機関出力がにわかに低下し始めた。それでも「アイオワ」は二七ノットで航行し続けていたが、機関長が艦橋へ「出し得る速力二九ノット!」と報告してきたのだった。

双方の砲弾が急に命中し始めたのは別段ふしぎなことではなかった。彼我の距離は二万五〇〇〇メートルまで迫っており、たがいに的艦の全容を視認できるようになっていた。

命中を得たのは、先頭をゆく大和型戦艦二隻やアイオワ級戦艦二隻ばかりではない。

　戦艦「長門」「陸奥」は戦艦「ワシントン」「ノースカロライナ」との砲撃戦に応じ、その後方をゆく戦艦「山城」「伊勢」「日向」と金剛型戦艦三隻は、サウスダコタ級戦艦四隻との砲戦に応じていた。そして、これら「長門」以下の日本軍戦艦八隻もまた、各戦隊ごとにすでに二、三発ずつの命中弾を得ており、それと引き換えに米戦艦の放った砲弾も数発ずつ喰らっていた。

　米戦艦の砲撃命中率も決して侮れない。米戦艦群が日本側に引けを取らない命中を挙げているのは、新兵器・照射レーダーの射撃に依るところが大きかった。

　第一戦隊の砲撃がついに敵艦をとらえ始め、狭《きょう》叉《さ》弾《だん》もあきらかに頻発し始めている。

そうみてとるや、宇垣は「大和」「武蔵」の防御力を信じて意を決し、速度を維持したまま部隊の針路を西南西（北寄り）に執った。

　それでもなお、双方の距離はすこしずつ縮まりつつあったが、この変針によって砲撃戦は〝二の字〟型の同航戦となり、日米両戦艦の放った砲弾がかなりの高確率で、さらに命中してゆくことになる。

　また、宇垣中将が変針を命じた直後に、金剛型戦艦三隻がにわかに増速して「山城」「伊勢」「日向」のすぐ北側（右側）へ並び掛け、「山城」と「金剛」が「サウスダコタ」を射撃し、「伊勢」と「榛名」が「インディアナ」を射撃、さらにサウスダコタ級の三番手をゆく「マサチューセッツ」に対して、「日向」と「霧島」が射撃するという状況へ鈴木義尾中将がもち込んだ。

　これまで金剛型戦艦三隻はあまり敵弾を受けておらず、西村祥治中将麾下の戦艦三隻が〝苦戦を強《し》いられている！〟とみた鈴木中将が、とっさの判断で助太刀に出たのだが、そのときにはもう田中頼三少将の率いる水雷部隊もまた、時を移さず宇垣中将の命令に応じて独自の戦闘行動を開始していた。

　田中少将麾下の重巡九隻、軽巡三隻および駆逐艦二四隻は、南南西の針路を維持しつつ三〇ノットの高速で突入してゆく。敵主力艦が戦艦同士の撃ち合いで忙殺されているあいだに〝ハの字〟型の同航戦を挑んで敵戦艦群へと迫り、酸素魚雷を放って水雷戦を挑もうというのだ。

　午前一時一〇分。重巡「利根」に将旗を掲げる田中少将は、探照灯の照射を適宜許可して突入を開始した。

なるほど、敵戦艦は味方戦艦との撃ち合いに応じるのに懸命で、田中部隊の方には主砲を一発も撃って来ない。

　しかし米軍も抜かりはなく、突入開始から一〇分も経つと、田中部隊の接近に気づいた敵重巡など二〇隻余りが、米戦艦群の右（北）側へ撃って出て、その突入を阻止しようとして来た。

　その時点で田中部隊と敵艦隊との距離はすでに二万メートルを切っており、補助艦同士の撃ち合いもすでに始まっていたが、田中少将はその約五分後、およそ一万五〇〇〇メートルの距離に迫るや、まずは敵重巡などを蹴散らすために一度目の魚雷攻撃を敢行した。

　そうとは知らない敵重巡などはなおも戦艦群の盾となってこちらへ向かって来る。航跡を曳かない酸素魚雷は敵方へ着実に迫って行った。

雷速は四八ノット。発射からおよそ一〇分後には、それら二六四本もの酸素魚雷が敵補助艦群へ殺到し、そのうちの五本が見事、敵重巡「ソルトレイクシティ」「ミネアポリス」および軽巡「クリーブランド」「オークランド」の四艦に命中し、米艦隊を大混乱におとしいれた。

それまでの砲撃戦で田中部隊も重巡「最上」が大破して戦線を離脱し、重巡「利根」「筑摩」「摩耶」および駆逐艦三隻が中破にちかい損害を受けていたが、それと引き換えに米重巡「シカゴ」「ポートランド」と米軽巡「アトランタ」「クリーブランド」を中破していた。

米艦艇は射撃レーダーを装備しており、砲撃戦はどちらかといえば、「最上」を撃退された帝国海軍のほうが不利だったが、酸素魚雷の命中で戦いは一気に形勢が逆転した。

魚雷二本を喰らった「ソルトレイクシティ」は瞬時に轟沈《ごうちん》し、すでに中破していた「クリーブランド」も酸素魚雷がとどめとなって沈没を余儀なくされた。さらに「オークランド」も艦が大きく傾いて沈みゆく運命にあり、「ミネアポリス」も大破して速度が四ノットまで低下していた。

その時点で砲戦距離はすでに八〇〇〇メートルちかくとなっており、田中少将は混乱状態にある米補助艦群に追い撃ちを掛け、さらに重巡「シカゴ」「ポートランド」を撤退へ追い込み、敵戦艦群への突破口を開くのに成功した。

残る米補助艦は軽巡四隻、駆逐艦一二隻の合わせて一六隻となっており、田中少将はさらに「利根」などを傷付けながらも、それら敵艦一六隻の動きを味方重巡八隻と駆逐艦四隻ですっかり封じ込めた。

そして、味方水雷戦隊の軽巡三隻「阿賀野」「能代」「矢矧」と駆逐艦二〇隻に敵戦艦群への突撃を命じ、みずからも敵戦艦群へ向けて二度目の酸素魚雷を発射した。

そのとき、米戦艦群と田中本隊との距離はいまだ一万二〇〇〇メートルほど離れていたが、第三水雷戦隊司令官・木村昌福少将を指揮官とする軽巡三隻と駆逐艦二〇隻にさらなる突入を命じ、それら別動隊で、米戦艦群に必殺必中の魚雷攻撃を敢行しようというのであった。

田中本隊が二度目に放った魚雷は計八六本。かたや木村少将の別動隊にはいまだ一七二本の酸素魚雷が残されていた。一度目に放った魚雷の命中率は二パーセントにも満たなかったが、別動隊が数千メートルの距離まで敵戦艦群へ肉迫してゆけば、もっと高い命中率を期待できる。

はたして、田中本隊が放った酸素魚雷は一本も敵戦艦に命中しなかった。

それもそのはず。田中少将は「可能なかぎり敵戦艦群へ向けて魚雷を発射せよ！」と命じてはいたが、軽巡以下の敵艦を蹴散らすのが先決で、そちらに対する雷撃も容認していた。

残存の敵軽巡など一六隻はなおも執拗に応戦して来た。田中本隊は敵駆逐艦などから雷撃を受けて旗艦の「利根」がついに航行を停止、さらに重巡「筑摩」「高雄」を大破され、駆逐艦二隻を失いながらも軽巡「セントルイス」と駆逐艦三隻を撃沈、軽巡「アトランタ」も大破して敵補助艦群の活動を見事に封じた。

そして、木村少将の別動隊は敵主力の五〇〇〇メートル付近へと肉迫、午前一時四三分に米戦艦群へ向けて必中の魚雷一七二本を発射した。

それはまさに必中を期待できる距離での雷撃だったが、その直後に第一水雷戦隊司令官・伊崎俊二少将の旗艦「阿賀野」が戦艦「アラバマ」の放った四〇・六センチ砲弾をまともに喰らって航行を停止。軽巡の防御力で戦艦の砲撃に耐えられるはずもなく、軽巡「阿賀野」は業火につつまれてまたたく間に沈没、伊崎少将もその艦上で壮絶な最期を遂げたのである。

4

帝国海軍は開戦前に、日本戦艦の砲撃命中率は八パーセントに達するが、米戦艦の砲撃命中率はその五割程度でしかないと分析していた。とくに夜戦においては、その差が顕著になると予想していたが、実際にはちがった。

戦艦同士の撃ち合いはまったくの互角で、米戦艦もほぼ同数の命中弾を「大和」「武蔵」などにあたえて来る。主砲の門数は戦艦一〇隻を擁する連合艦隊が有力なのにもかかわらず、命中弾数が拮抗《きっこう》しているのだから、命中率ではむしろ米戦艦のほうが上まわっていた。

双方の砲弾が確実に敵戦艦の艦体をとらえてむしばみ、午前一時二五分ごろには戦艦同士による撃ち合いが佳境を迎えようとしていた。

先鋒・最前列の戦いでは、戦艦「アイオワ」がすでに一〇発の四六センチ砲弾を喰らっていたのに対して、「大和」も九発の四〇・六センチ砲弾を喰らって戦闘力がもはや半減していた。

その後方では、「ニュージャージー」も四六センチ砲弾三発を喰らい、「武蔵」もまた四〇・六センチ砲弾五発を喰らっている。

四戦艦とも被弾しているが、防御力において双方の差は歴然としていた。とくに米戦艦の先頭をゆく「アイオワ」の速力は五分ほど前に二五ノットまで低下しており、射撃可能な主砲もいよいよ三門となっていた。

そのため「ニュージャージー」以下の米戦艦は減速を余儀なくされている。

午前一時二六分。「ニュージャージー」が「アイオワ」の窮地を救うため「大和」に対して斉射をおこない、同時に「アイオワ」自身も「大和」へ向けて全砲門（三門）を開いた。

対する「大和」は使用可能な全砲門（五門）を開いて「アイオワ」を砲撃し、「武蔵」は「ニュージャージー」に対する斉射を継続した。

二番手をゆく連合艦隊・旗艦「武蔵」は、宇垣中将からの指示で五分ほど前から標的を「ニュージャージー」に変更、すでに三発の命中弾を得ていた。

はたして次の瞬間、戦艦「アイオワ」と「ニュージャージー」に四六センチ砲弾一発ずつが命中し、戦艦「大和」は二発の四〇・六センチ砲弾を立て続けに喰らった。

さしもの「大和」も、これで射撃可能な主砲が三門となってしまい、煙路で火災が発生、速度が一気に二二ノットまで低下した。

それを察知して「武蔵」も減速、艦長の朝倉少将（五月一日に昇進）がとっさに〝面舵！〟と命じて衝突をまぬがれたが、俄然《がぜん》「武蔵」が先頭へおどり出て、的艦「ニュージャージー」に対する測距はやりなおしを余儀なくされた。

二番手に落伍した「大和」だが、その艦上から宇垣中将が顔を真っ赤にして命じる。

「怯むな！『武蔵』は敵一番艦（アイオワ）に標的を変更し、『大和』は敵二番艦（ニュージャージー）を砲撃せよ！」

この命令が功を奏して、「武蔵」は見事、二斉射目で「アイオワ」に、四六センチ砲弾もう一発を命中させた。

計一二発の四六センチ砲弾を喰らった戦艦「アイオワ」は、「武蔵」が放った最後の砲弾を二番砲塔・付け根付近に喰らい、バイタル・パートを完全に撃ち抜かれて、突如、艦全体がオレンジ色の爆炎につつまれた。

「武蔵」の砲弾が砲塔内で炸裂し、「アイオワ」はみずからの搭載する四〇・六センチ砲弾が次々と誘爆し始めたのだった。

命中からおよそ二〇秒後。複数の四〇・六センチ砲弾が同時に爆発を起こし、次の瞬間、艦橋の直前で亀裂が発生、「アイオワ」の船体がそこから真っ二つに裂け始めた。

周囲を圧するような轟音が突如として鳴りひびき、一瞬、時が止まったかのような錯覚をみながおぼえた。

──な、なぜだ!? 「アイオワ」は一〇発以上の一六インチ（四〇・六センチ）砲弾を喰らってもおいそれと沈むようなことはないはずだが……おっ、おかしい！

ハストベット少将は、今この瞬間まで固くそう信じていたが、なにが起きたのかまったく理解できぬまま、乗艦が渦に呑まれてゆく。

ハッと我に返ったハストベットはとにかく総員退去を命じたが、まるで手後れだった。巨艦「アイオワ」の船体は艦橋の直前で切断され、もはや艦首が大きく迫立《せりた》っている。

午前一時三〇分。再び轟音が鳴りひびき、その後も「アイオワ」は、艦内各所で爆発をくり返しながら、オアフ島・モカブ岬の沖合い九キロメートルの海へ没していったのである。

それは砲戦開始（午前零時四五分）から四五分後のことだった。

残る巨艦三隻の戦いはまだ終わらない。

轟音を発しながら沈没してゆく「アイオワ」のすがたを目の当たりにし、スプルーアンス大将は肺腑《はいふ》をえぐられるような衝撃を受けた。

――にっ、日本の新型戦艦はアイオワ級をも凌《しの》ぐというのか……!?

そのぶきみな影がいまだふたつも眼前に浮かんでいる。「アイオワ」の喪失で味方が〝不利〟となったのはあきらかだ。とにかく一隻だけでも速く沈めなければ「ニュージャージー」も危ない。


およそ障害物と化していた「アイオワ」がすがたを消し、「ニュージャージー」は皮肉にも高速航行が可能となっている。艦長のカール・F・ホールデン大佐は速力三〇ノットを命じて、まずは落伍しつつある敵戦艦の方へ近づき「大和」に集中砲火を加え始めた。

それを観て、「アイオワ」を砲撃するために西進していた「武蔵」が南東へ取って返し、「ニュージャージー」に砲火を浴びせる。

むろん「大和」も使用可能な主砲三門をすべて開いて懸命に応戦した。しかし、速度の低下していた「大和」は、「ニュージャージー」にすっかり主導権を握られてしまい、的艦「ニュージャージー」に対して四六センチ砲弾もう一発を命中させるのが精いっぱいだった。

――こっ、これはいかん！

宇垣はそう直感したが、その予感はいかにも的中した。それから五分ほどのあいだに、「大和」はなんと、五発もの四〇・六センチ砲弾を喰らってしまった。

砲戦距離はもはや二万二〇〇〇メートルを切っており、四発目の敵弾を喰らった直後に、「大和」はいよいよ射撃不能におちいり、そこへ五発目を喰らって、速度も一気に一五ノットまで低下してしまった。

これで「大和」に命中した四〇・六センチ砲弾は全部で一六発をかぞえ、艦上構造物はほとんど跡形もないほど破壊されていた。

戦闘力を喪失したものの「大和」が沈むような気配はなく、艦長の森下信衛《のぶえ》大佐は、自力航行が可能なうちに戦場から離脱すべきと判断し、宇垣長官にそのむね進言しようとした。

「そろそろ潮時に思いますが……」

主砲がまったく使えないのだから森下艦長がそう言い出すのも当然だが、宇垣はただちに制してこれを否定した。

「いや、まだいける。もうしばらくは戦場にとどまってもらおう」

じつは、五発目の敵弾を喰らったのとほぼ同時に、宇垣は的艦「ニュージャージー」の艦上で閃光がひらめいたのを確認していた。味方の砲弾が命中したのだが、それは「大和」の射撃によるものではなく、「武蔵」の放った四六センチ砲弾にちがいなかった。

――しめた！「武蔵」の砲撃が的艦をとらえつつある！

対する「ニュージャージー」は、依然として「大和」を砲撃しようとしている。

そのため艦をあずかる森下は気が気でなかったが、宇垣は座乗艦「大和」を盾《たて》にして「武蔵」の砲撃を活かし、もう一隻の敵戦艦も沈めてやろうと考えたのだった。

はたして「ニュージャージー」は、その後も「大和」に対して三斉射を実施した。ところが、それでも「大和」は沈もうとしない。

戦艦「大和」はさらに四〇・六センチ砲弾三発を喰らい、速力がついに一〇ノットまで低下したが、なおも自力で航行していた。

反対に「ニュージャージー」は、「武蔵」の放った砲弾二発をさらに喰らい、速力がいきおい二四ノットまで低下、使用可能な主砲も六門となってしまった。

――このままではもう一隻の敵戦艦（武蔵）からやられてしまう！

いつまで経っても「大和」が沈まぬことに業を煮やしたホールデン艦長が、スプルーアンス長官の同意を得た上で、「ニュージャージー」の標的を俄然、「武蔵」に変更した。

ところが「ニュージャージー」もまた、すでに全部で七発の四六センチ砲弾を喰らっていた。

「ニュージャージー」の戦闘力はおよそ半減していたのに対して、「武蔵」は、いまだ九門の主砲がすべて使用可能な状態で活きていた。

戦いは「武蔵」「ニュージャージー」による一騎撃ちとなったが、速力がすでに二四ノットまで低下していた「ニュージャージー」に、「武蔵」の砲撃をかわすような余力は残されていなかった。

両戦艦による撃ち合いはなおも一〇分ちかくにわたって続いたが、砲撃力と防御力の差はもはや歴然としていた。

午前一時四七分。「武蔵」の放った砲弾が「ニュージャージー」の一番砲塔直前を突き刺し、艦内奥深くまで達して炸裂した。

それは「ニュージャージー」が喰らった一三発目の四六センチ砲弾となったが、バイタル・パートと通常甲板のちょうど境目で炸裂したその砲弾は、同艦の船体前部を容赦なく切断、そこから大量の浸水をまねいた「ニュージャージー」はたちどころに航行を停止して、ゆっくりと波間へ没し始めたのである。

対する「武蔵」も計八発の四〇・六センチ砲弾を喰らっていたが、いまだ二五ノットでの航行が可能で、主砲・四六センチ砲も六門が射撃可能な状態で残されていた。

そして後方では、残る戦艦同士による砲撃戦ももはや決着が付こうとしていた。

戦艦「長門」「陸奥」はともに大破にちかい損害をこうむりながらも、戦艦「ワシントン」を撃沈し、「ノースカロライナ」を大破していた。

ノースカロライナ級戦艦は防御力に若干難があり、長門型戦艦の放つ四一・〇センチ砲弾を喰らって、船体が着実にむしばまれていった。

砲撃部隊の旗艦「ワシントン」は一二発目の砲弾を喰らった直後に艦内で大爆発を起こし、リー中将は非業《ひごう》の最期を遂げていた。そして、その知らせはスプルーアンス大将の耳にもすでに入っており、スプルーアンスは午前一時五〇分、麾下全軍に作戦中止を下令し、残存の味方全艦艇に対して即時撤退を命じた。

ただし、連合艦隊も完勝をおさめたわけではない。第二、第三戦隊の戦艦六隻はサウスダコタ級戦艦四隻を相手に非常な苦戦を強いられた。

第二戦隊の戦艦「山城」と「日向」は、ともに一〇発以上の四〇・六センチ砲弾を喰らって、あえなく沈没してしまい、戦艦「伊勢」も大破して戦闘力をほとんど奪われ、速力が八ノットまで低下していた。

第二戦隊司令官の西村中将は敢闘むなしく「山城」艦上で最期を遂げ、残る「伊勢」や金剛型戦艦三隻もいよいよ窮地に追い込まれつつあった。

けれども、木村・水雷戦隊の放った一七二本の酸素魚雷が寸でのところで間に合い、サウスダコタ級戦艦四隻に次々と命中し始めた。

それが午前一時四六分ごろのこと。魚雷の命中は全部で八本をかぞえ、戦艦「サウスダコタ」「インディアナ」に二本ずつ、「マサチューセッツ」には三本が命中して、戦艦「アラバマ」にも一本が命中した。

サウスダコタ級四戦艦を率いるグレン・B・デヴィス少将は、魚雷が命中するまでは断じて戦いをあきらめていなかったが、麾下の四戦艦も「アラバマ」以外は三隻とも八発～一三発の三五・六センチ砲弾をすでに喰らっており、酸素魚雷三本を喰らった「マサチューセッツ」は、ついに艦を支えきれなくなって沈没。酸素魚雷二本を喰らった「サウスダコタ」と「インディアナ」も大破してしまい、デヴィスが東方への退避を命じたところへ、ちょうどスプルーアンス大将の撤退命令が届いたのだった。

アメリカ戦艦群は総崩れとなっている。

戦艦「サウスダコタ」「インディアナ」の速力は二〇ノットを切っており、唯一戦闘力を維持していた「アラバマ」も、二二ノットまで速力が低下していた。

また、戦艦「ノースカロライナ」の速力もいまや一八ノットに低下しており、サウスダコタ級三戦艦と「ノースカロライナ」はまもなく東北東へ向けて退避し始めた。

撤収部隊の指揮はデヴィス少将が執ることになったが、それもそのはず。周知のとおり第五艦隊の旗艦・戦艦「ニュージャージー」は、ゆっくりとではあるが、海へ没しつつあった。

スプルーアンス大将の作戦中止命令が麾下の全艦艇に伝達されると、参謀長のムリニクス少将があらためて進言した。

「そろそろ退艦しませんと、脱出が不可能になるかもしれません」

なるほど、「ニュージャージー」の艦首はすでに海中へ没しており、残る船体も前のめりとなって大きく傾いていた。

スプルーアンスは、ムリニクスの進言に一旦はうなずいてみせたが、やがておもむろに口を開きつぶやくようにして言った。

「生きて帰るつもりはない。……司令部や生き残った者たちをまとめ、きみはすみやかに退艦したまえ」

「ならば、私も残ります！」

ムリニクスは即座にそう返したが、スプルーアンスは首を横に振った。

「ダメだ。そんなことは許さぬ！　これは、私にあたえられた特権だ。……三ヵ月以上にわたってよく仕えてくれた」

大将の意志は岩のように固い。ムリニクスは目頭を熱くしてこくりとうなずき、幕僚や生存者をまとめて、ホールデン艦長らとともに軽巡「サンファン」へ移乗した。

ミッチャー中将やリー中将を亡くし、ハストベット少将まで亡くして、スプルーアンスは自分だけがおめおめと生きて帰るような気に、どうしてもなれなかったのである。

日本の勝利は確定した。ニミッツ大将は辞意を表明。フランクリン・D・ルーズベルトは持病が急速に悪化して、大統領の職を副大統領のヘンリー・A・ウォレスに委譲した。

アメリカ太平洋艦隊の再建には〝二年余りの歳月を要する〟とみたウォレスは、日本との講和を決意して一九四四年（昭和一九年）八月一五日に日米戦争は終結した。

アメリカ合衆国との長い戦いは終わった。

昭和一九年一二月二一日。山口多聞大将の連合艦隊はこの日をもって解散した。

VICTORY NOVELS ヴィクトリー ノベルス

新連合艦隊(4)

決戦・日本海海戦の再現！

2023年10月25日　初版発行

著　者　　原　俊雄
発行人　　杉原葉子
発行所　　株式会社 電波社
〒154-0002　東京都世田谷区下馬6-15-4
TEL. 03-3418-4620
FAX. 03-3421-7170
https://www.rc-tech.co.jp/
振替　　00130-8-76758

印刷・製本　中央精版印刷株式会社

ISBN 978-4-86490-245-8 C0293